U0729431

意林®轻文库

青春最美，梦想出发
中国式好看轻小说优鲜品牌

凤九卿

(九)

元宝儿 著

长江出版社
CHANGJIANGPRESS

图书在版编目（CIP）数据

凤九卿. 九 / 元宝儿著. —武汉：长江出版社，2021.6

ISBN 978-7-5492-7712-4

Ⅰ.①凤… Ⅱ.①元… Ⅲ.①长篇小说－中国－当代 Ⅳ.①I247.5

中国版本图书馆CIP数据核字(2021)第101589号

凤九卿（九）
FENG JIUQING(JIU)

元宝儿／著

出　　版	长江出版社	
	（武汉市解放大道1863号）	
选题策划	安　雅　张　星	
市场发行	长江出版社发行部	
网　　址	http://www.cjpress.com.cn	
责任编辑	李　恒	
特约编辑	非　非	
封面绘图	木路吉	
封面设计	胡静梅	
装帧设计	刘　静	
印　　刷	大厂回族自治县益利印刷有限公司	
版　　次	2021年6月第1版	
印　　次	2021年6月第1次印刷	
开　　本	700mm×1000mm　　1/16	
印　　张	13	
字　　数	220千字	
书　　号	ISBN 978-7-5492-7712-4	
定　　价	28.80元	

目录

CONTENTS

第一百一十章 · 小太子君前受罚

养儿烦恼

午后灿烂的阳光洒向大地，将刻有"龙御宫"三个大字的匾额照得夺目耀眼、熠熠生辉。

富丽堂皇的宫殿安静得落针可闻，龙涎香燃烧出的青烟顺着镏金香炉袅袅升起，沁人的香气弥漫四周，身穿滚金黑丝袍的轩辕容锦单手托腮，半倚在软榻上。

他眉形锋利，鬓若刀裁，样貌俊美得张扬肆意，即使双眸微敛，也如同一只浅眠的猎豹，看似倦怠慵懒，一旦嗅到危险的味道，随时会挥出利刃，将入侵者一击毙命。

凤九卿将批阅完毕的奏折一一放好，正要开口说些什么，回头就瞥见轩辕容锦没心没肺地躺在榻上昏昏欲睡。

凤九卿心里憋火，用力咳了一声，惊得轩辕容锦瞬间清醒。

凤九卿皮笑肉不笑地问："皇上，这一觉睡得可还安好？"

轩辕容锦厚着脸皮点点头："甚是不错，还做了一场回味无穷的美梦。"

"哦，是吗？看你笑得一脸荡漾，莫不是有倾城绝色在梦境之中对你投怀送抱？"

"这是吃醋了？放心，在朕心里，绝色也不及九卿你的万分之一。"

"哼！有揶揄我的工夫，不如把时间用在正事上面，批阅奏折是你身为帝王的分内之责，我见你忧国忧民、日日辛苦，才好心替你分担一二。你倒实在，把差事甩给我，自己却睡得昏天暗地，也不怕我偷用玉玺发动兵变，直接废了你这个懒政皇帝。"

轩辕容锦豪放大笑："朕求之不得呢，待你登基称帝，朕便正大光明赖在你身边颐养天年、混吃等死，那种美好的日子只要想想都令人十分向往。"

凤九卿懒得听他白日做梦，将整理好的奏折如数丢进他怀里，没好气地警告："明天开始，早朝结束后直接去你的御书房，别有事没事就回寝宫，大臣想找你商议国事都找不到主。"

轩辕容锦手脚利落地接过奏折，笑着说："大臣那边有明睿挡着，寻常琐事烦不到朕头上。朝中不少官员都知道朕遇到解决不了的事情时会征求皇后的意见，并对你的处理结果非常满意。九卿，你如今在大臣心中的地位与朕可是不相上下。"

凤九卿送他一记白眼："你就是为懒惰找借口。"

见凤九卿一脸嫌弃，他委屈地说："朕每日抱着奏折回寝宫批阅，还不是想跟你多待一会儿。"

"老夫老妻这么多年，说这种话也不嫌腻歪。"

轩辕容锦轻轻揽住她的肩膀，一改之前的玩世不恭，发自肺腑地说："总觉得幸福的时间过于短暂，想在有限的生命里创造快乐。待你我白发苍苍时细数过去的每一年、每一月、每一日，没有悲伤，皆是甜蜜，该有多美好。"

凤九卿为之动容，回想过去发生的种种，坎坷是非占据了人生大半时间，也难怪轩辕容锦每天像八爪鱼一样黏着她，快乐的日子来之不易，两人都有一样的心愿，好好活着，珍惜当下。

午后的时光温馨而浪漫，夫妻俩赖在寝宫里各忙各的，偶尔遇到棘手的问题，也会互相征求意见，真正的夫妻恩爱，鹣鲽情深。

直到小福子把一个糟糕的消息传递过来，将龙御宫美好的气氛破坏

得一塌糊涂。

小太子轩辕尔桀把左督御史熊有才的老来子熊耀祖揍得头破血流，事情的起因令人啼笑皆非，几个年纪相仿的小孩子像往常一样在尚书房读书，因为鸡毛蒜皮的小事，郡主轩辕灵儿和太傅云四海家的小女儿云锦绣发生了口角。

女娃子吵架，儿郎们本不该多管闲事。

偏偏熊耀祖他爹熊有才与云锦绣她爹云四海私交甚笃，两家小辈多有来往，久而久之也是友情深厚。

熊有才是左督御史，熊耀祖自幼对他爹当差的方式耳濡目染，骨子里深深印刻着皇子犯法与庶民同罪这个道理。当他看到灵儿仗着郡主的身份力压云锦绣一头时，正义感瞬间爆棚，冲过去替云锦绣讨公道。

姑娘家吵吵闹闹，身为太子的轩辕尔桀可以睁一只眼闭一只眼不予理会。

熊耀祖一插手，他这个当哥哥的没办法再坐视不管，便伙同贺丞相家的小子贺连城与熊耀祖打起了群架。

尔桀与连城自幼习武，个子不高，功夫了得，熊耀祖空长了一身肥肉，武力值不敌二人。

双方较量之下，熊耀祖惨败，并以头破血流收场。

就算尔桀贵为太子，也不该随随便便动手打人，何况被打的熊耀祖还是朝廷二品官员的儿子，传出去只会说太子顽劣，利用身份欺压官员之子。

往小了说，这是孩子们之间的争强斗胜；往大了说，就是太子失德，心胸狭窄到不配继承黑阙大统。

好日子还没过几天，轩辕容锦就被儿子胡闹的行为气到震怒，当即命人把太子传到御前责骂。

面对父皇的威严，被罚跪在地的轩辕尔桀义正词严地反驳："父皇，儿臣并不认为自己有错。熊耀祖动手在先，儿臣为了保护妹妹挺身而出，出发点有两个。其一，无愧本心。灵儿是儿臣的堂妹，她被人欺

负，作为兄长，没道理视而不见。其二，无愧大局。灵儿贵为皇家郡主，地位尊严不容侵犯，若儿臣由着旁人为所欲为，皇家颜面将荡然无存。"

轩辕容锦被这番歪理气笑了，负手走到儿子面前，居高临下地瞪着他："闯下祸事，你还有理了不成？别忘了你是当朝太子，任何人都可以为了私怨发泄不满，唯独你不行。你代表的不是你自己，而是整个轩辕皇族。从朕立你为太子那天起，你就要时刻注意自己的言行。你为了这点鸡毛蒜皮的小事与人大打出手，传出去，人家会说黑阙的太子殿下心胸窄、气量小，恐怕日后难挑大梁。"

轩辕尔桀梗着脖子问："当时那种情况，儿臣应该袖手旁观吗？"

轩辕容锦严厉地问："你在尚书房读了那么久的书，该做什么，不该做什么，心里难道没有盘算？"

"正因为儿臣心里有盘算，才以暴制暴，让熊耀祖知道皇家威严不可侵犯。"

"你这种处事格局未免太小。"

"父皇，不是人人都配与儿臣来谈处事格局，至少熊耀祖就不配。他爹身为左督御史，朝廷钦封的二品官员，教养出来的儿子连'好男不与女斗'这么浅显的道理都不明白，在这种是非不分的浑蛋面前，儿子不必与他讲什么原则，生死看淡，不服就干。"

坐在不远处看热闹的凤九卿险些当场笑出声。

不愧是她手把手教出来的儿子，遗传了不少她的秉性。

站在母亲的立场，凤九卿觉得儿子并没有错，甚至还对他少年人的血性表示钦佩，妹妹被欺负，身为哥哥当然要以暴制暴欺负回去，免得别人不把皇家儿郎当一回事。

之所以对容锦训斥儿子的行为保持沉默，是因为这种情况下她不便开口。

于公，容锦是君；于私，容锦是父。

无论君权还是父权，她都得让容锦在儿子面前树立一个高大威严的

形象，因此每次遇到这种事情，她都退避一旁，免得让儿子觉得有势可依，乱了皇家纲常。

尔桀的一番话，着实把容锦气到了。

曾几何时，他像天底下所有的父亲一样，为九卿给他生了一个聪明伶俐的儿子而感到无比自豪。

随着儿子年纪增长，父子俩之间的分歧越来越大，就算他搬出帝王的威压，也无法撼动儿子的观点，非要用自己的那套理论跟他唱反调。

轩辕容锦觉得不能助长这种气焰，严厉地说道："身为皇家子嗣，你所修习的是帝王之道，由着性子胡作非为，那是村野莽夫的行径，不值得提倡。尔桀，朕将你召到御前，不是跟你讨论是非对错，而是让你认清责任，今后不许再犯相同的错误。"

"可是父皇……"

尔桀无辜地看向父亲："如果儿臣贵为太子，却连至亲都不能保护，那这太子之位儿臣要它又有何用？父皇戎马一生，英明一世，难道想把儿臣培养成一个漠视亲情，为了遵守所谓帝王之道而无视原则的窝囊皇帝？"

这句话，狠狠触到了容锦的逆鳞。

凤九卿也意识到事态不妙，这父子二人有着不同的生长环境，自幼在困境中长大的轩辕容锦，为了登上那个位置，遮掩锋芒，隐忍数年，最终才攀上权力的最高峰。

与容锦相比，尔桀从出生那刻起就是天选之子，他有足够的资本肆意张扬，无所顾忌地享受父辈的庇佑。

他口口声声把亲情拿到台面上来说，却不知道，他父亲为他所创造的一切，是踩着亲人的尸体得来的。

任何人都讨厌被道德绑架，尔桀是，容锦亦是。

因环境不同而导致观念不同，争辩的结果只能是两败俱伤。

夫君与儿子都是凤九卿生命中最重要的人，趁事态没恶化，她先声夺人地斥责儿子："尔桀，你用这种态度与父皇讲话，还觉得自己有理

了是吗？我黑阙皇朝最重孝道，无论你有多少理由，在长辈和皇权面前，必须学会谦恭礼让。"

凤九卿很少在儿子面前说重话，一旦说了，就证明她是真的生气了。

轩辕尔桀天不怕地不怕，就怕母后生他的气，那滋味简直比被他爹打一顿板子还要难受。

意识到自己言语有所冒犯，轩辕尔桀诚心诚意地跪在父亲面前赔礼道歉："父皇母后教训得对，儿臣失仪，不该为琐事对熊耀祖大打出手，儿臣明日便提着厚礼去熊大人家赔不是。"

轩辕容锦更恼火了，他苦口婆心地在这训斥半晌不见成效，九卿稍微一瞪眼，儿子就像只小绵羊般被训得老老实实、服服帖帖，前后反差之大，等于在打他这个皇帝的脸。

偏偏跪在脚边的这个小东西是他的亲生骨肉，往死了揍舍不得，往狠了骂没用处，真是他前世的冤家，投生到这个世上来报复他的。

凤九卿摆摆手："再怎么说也是熊耀祖动手在先，堂堂太子登门道歉于礼不合。既然王子犯法与庶民同罪，就罚你三天不许去尚书房，给我乖乖留在东宫抄书，须抄满十本，抄不完，则加罚十本，以此类推，听到了吗？"

轩辕尔桀垂首应道："是，儿臣一定乖乖领罚。"

失传神器

太子殿下因动手打了熊有才的儿子熊耀祖，而被帝后二人责罚禁足抄书的事情，在短时间内传得尽人皆知。

傍晚，凤九卿以抽查太子是否偷懒为由来到东宫，并送来几本她精心挑选出来的经典书籍。

打发了东宫殿内的闲杂人等，凤九卿把儿子叫到面前，把几本书递过去，嘱咐道："平日你父皇和太傅要求书写背诵的那些书经，内容陈腐无聊，那种东西学多了，人都会变傻，我可不希望我儿子变成一个书呆子。这几本书是我年少时百读不厌的，里面记载了不少历史典故，小事件，大哲理，既然是抄书，倒不如抄些有趣的，也细细品品里面的内涵，提高见识和应变能力。"

轩辕尔桀饶有兴致地接过书本，高兴地说："还是母后想得周到，若整日抄写四书五经，儿臣肯定要疯掉的。"

凤九卿捏捏儿子的脸颊："知道你不耐烦这个，才找些有趣的书给你边写边看。下次学机灵点，你父皇训你，你受着就是，何必跟他唱反调，非要在他面前争个是非对错？他再疼你，也容不得你冒犯他的威严，轻则罚跪，重则挨藤条，这种罪你还少受了？"

轩辕尔桀忍不住难过："连城和灵儿都是家中唯一的孩子，即使他们犯了错，只要不违背大原则，明睿叔叔和七王叔都会对他们无尽包

容。儿臣也是家里唯一的孩子，难道不能像连城和灵儿那样，得到这样的父爱吗？"

凤九卿将儿子抱坐在自己膝头："你要明白，他首先是一个皇帝，其次才是你的父亲。你处处拿连城和灵儿做比较，可曾想过，你父亲能够给予你的，是权力，是江山，是天下。而这些东西，连城和灵儿的父亲给不了他们。尔桀，不要计较失去了什么，而是要看得到了什么。身为天选之子，你要时刻想办法提升自己，拘泥于方寸之间，只会让你故步自封，只有能力强大到无人可敌，将来才能坐稳那个位置。你要记得，规则由人而定，假以时日，你想做制定规则的人，还是遵守规则的人？"

轩辕尔桀的目光变得坚定起来，"儿臣懂了，多谢母后教诲。"

回到龙御宫时，轩辕容锦正坐在书案前翻看奏折，听到脚步声，他假装沉浸在公务之中不做反应，故意漠视她的存在。

凤九卿走过去，从他手中抢走奏折："一本奏折看了半个时辰，都快把里面的内容背下来了吧？"

轩辕容锦欲抢回奏折，被凤九卿及时闪过。

他不服气地问："你怎么知道朕一直在看这本奏折？"

凤九卿不客气地揭穿他："我离开的时候你就在看它，我回来的时候你还在看。要么奏折里藏着哪个痴情女子偷偷写给你的情诗，要么你小心眼，还在为儿子的事情生闷气。"

绕过书案，凤九卿从背后搂着他，嘴唇贴在他耳边，轻声调侃："有我凤九卿美色当前，其他姑娘都得靠边站，所以就是第二种喽，你在生尔桀的气，对不对？"

"明知如此你还问。"

"我明白，尔桀在你眼中如同一棵苗壮成长的小树苗，稍有不正，便急着修直。方法没错，错就错在你低估了尔桀的韧性，他与你一样，有独立的想法和判断能力，知道什么该做，什么不该做。咱们做父母的，在他走上歧途时拉一把就好，没必要时时刻刻紧随其后，久了会让

他有窒息感，反而助长他的叛逆心理。"

轩辕容锦不认同这套理论："任他胡闹，只会让他在歧路上一去不复返，朕可就他一个儿子，万一养废了，可没有办法从头再来。"

"放心吧，儿子身上流淌着你的血脉，有你这个成功的父亲，他日后又怎会不成才？"

轩辕容锦面色一松，故作质疑地问："你说的是真的？"

凤九卿有意哄他："这还有假？我夫君天下无敌，这可是整个黑阙所共知的事实。正所谓虎父无犬子，有你这个厉害的爹爹给儿子做榜样，他日后只会更加优秀。"

被妻子连捧带赞，轩辕容锦憋闷了一下午的坏心情瞬息烟消云散。

见他终于露出笑容，凤九卿暗暗松了一口气，正要将手中的奏折交还回去，意外瞥见写折子的居然是远赴封地的骆逍遥呈的。

自从骆逍遥跑回封地做起了闲散王爷，已经好些日子未曾获知他的消息。

骆逍遥先是在折子里炫耀他目前在封地过得很是快活，宫廷礼仪烦琐，规矩甚多，好不容易去到自己的地界，短期内没有再回京城的打算。

拉拉杂杂写了一堆当地有趣的风土人情，快结尾的时候提到一个人，隐匿于江湖的铸器大师——墨谦。

玩兵器的，几乎人人都听过墨谦的大名，他花费一生的时间，只打造出十三件兵器，数量虽少，每一件却都为绝世珍宝，黑阙皇宫的武器库中，便收藏了六件墨谦的大作。

骆逍遥在折子里提及，回封地途中偶得一消息，墨谦的第十四件武器早在数年前便已成型，后来墨谦患病去世，最后一件杰作始终没有问世的机会。

饶是如此，还是有不少小道消息泄露出来，说墨谦的第十四件兵器是一支杀伤力非常可怕的火铳。

火铳的图纸失传于江湖，让那些沉迷于兵器的武痴为之疯狂，就连

周边诸国国主也暗中派人四处寻找，恨不能将这件宝贝据为己有。

迅速看完折子，凤九卿说道："若逍遥提到的火铳真实存在，咱们得尽快查到这东西的下落。近几年边境安宁，无战事发生，表面看着天下太平，背地里都在憋着坏，准备给对手沉痛一击。正所谓害人之心不可有，防人之心不能无，如果诸国都在打听火铳的存在，咱们黑阙也不能居于人后，被那些心怀不轨之人占了上风。"

轩辕容锦与她的想法惊人的一致："且放心吧，你进门之前，朕已经派江龙江虎去调查了。"

整改后宫

经过深思熟虑，凤九卿决定对后宫制度进行改革。

由于黑阙后宫只有凤九卿一个女主人，其他各宫没有妃嫔，就连受宠的侍妾也不存在。

这种情况下，偌大的后宫居然养着几千名宫女和太监，仅是刺绣坊的绣女，就有四百人之多。

四百多个绣女只服务于帝后二人，就算每个绣女一年只绣一件衣袍，加在一起也有四百件之多，她和容锦一天换一套都穿不过来。

其他部门也是如此，很多宫女和太监被指派在无人居住的宫殿里当闲差，宫殿稍具规模的，在里面做事的宫女太监加在一起足有五六十人。五六十人的日常工作就是打扫庭院、擦洗桌椅、养护花草，时刻做好迎接新主人到来的准备。

自从荣祯帝册立皇后，唯有龙御宫和凤鸾宫两座宫殿人气旺盛，其余宫殿几乎被宫女太监占满，这些宫女太监按月领饷，位分高一些的，每隔一段时间还要给她们置办新衣裳、新首饰，无形中增加了不少无用的花销。

于是，凤九卿将宫中管事的女官召到面前，与众人商讨如何削减宫廷开支，最直接有效的办法就是挑出年龄大的宫女太监，给一笔补偿，将他们遣散出宫。该回家的回家，该嫁人的嫁人，留在宫廷只会蹉跎岁月，不

如趁风华正茂赶紧出宫成家立业。

如此大的后宫变动，让管事的女官措手不及，凤九卿派人将事先拟好的条例分发下去，里面记载了她针对此次遣散宫女一事所罗列出来的详细计划。

随后她对女官交代："回去后，按照上面书写进行整改，凡年龄超过二十二岁的全部符合出宫标准，并补偿每人二百两银子的遣散费，家中过于贫穷的，一经查实，要按双倍补偿，以保证他们出宫之后可以维持基本生计。我给你们三天时间，三天后，将统计出来的详细名单和人数交到我面前。行了，今早的例会到此为止，都跪安吧。"

凤九卿做事风格简明扼要，不喜欢将时间浪费在口舌之上，把该说的说完，听得懂的，自然会认真执行她的命令，听不懂的，也没资格在她手下继续当差。

被她提拔上来的女官深知皇后娘娘说一不二的秉性，带着皇后派人分发下来的遣散计划，整齐有序地跪安离去。

在凤九卿身边伺候多年的大宫女宁儿将泡好的参茶递了过来："娘娘别怪奴婢多嘴，此次遣散半数宫女太监，恐会遇到不少阻碍。尤其是那些超过年龄线的，几岁大的时候就被家人卖进皇宫，长年关在宫中，对外面的情况一无所知。一旦出宫，恐怕适应不了外面的生活。"

凤九卿接过参茶啜饮几口，神色淡然地说："与其长痛，不如短痛，外面的生活再难适应，也比一辈子被关在这里孤独终老要好。宁儿，你的年纪也不小了，可曾想过离开这里，去外面追求属于你的幸福？"

闻言，宁儿连忙双膝跪地，担忧地问："娘娘是想赶奴婢离开吗？"

凤九卿将她虚扶起来："从进宫那天起，你就在我身边伺候，这么多年，咱们早已习惯彼此的存在。以私心来讲，我舍不得你离开这里，往长远来看，又不想耽误你嫁人生子。女人最美好的年纪只有那几年，一旦错过，便误了终身。"

宁儿回道："嫁人生子这个念头，早在几年前就被奴婢彻底切断。想必娘娘还有印象，几年前奴婢曾说过，年幼时，爹娘曾给奴婢订了一户姓

李的人家，测了八字，递了庚帖，就等奴婢到了年纪出宫与他成亲。哪承想那李家公子耐不住寂寞，考取功名后，陆陆续续将几个貌美的侍妾抬进家门，有两个妾还给他生下儿女。我若进门，除了得一个正妻的位分，其余皆是空谈。换作从前，奴婢也不会计较这些是是非非，男人三妻四妾、多子多女本就是千百年来留下的规矩。自从奴婢亲眼看见皇上对皇后情深不悔，甚至为了皇后遣散后宫、对抗朝廷，奴婢才知道，世间竟有这样令人羡慕的感情。许是在娘娘身边待得久了，耳闻目睹一些道理，既然求而不得，便毅然舍弃，所以李家公子的婚事，被奴婢单方面推拒了。只要娘娘不嫌弃奴婢，奴婢愿意一辈子留在宫中伺候娘娘。"

凤九卿叹了口气："既然你已做了决定，我尊重你对未来的选择。若日后遇到合眼缘的适龄男子，只需与我说一声，我会放你离宫，还你自由。"

宁儿感激一笑："奴婢先在这里谢过娘娘了。"

书房是非

下午，许久没进宫的贺夫人与七王妃接到邀请，踏入后宫。

七王妃闺名尹红绡，与贺明睿的夫人顾若绫是非常要好的表姐妹。

当年因为一场巧遇，促成两对璧人结为伴侣。

婚后，七王妃为轩辕赫玉生下一女，取名轩辕灵儿，降生那天就被疼爱她的皇伯父轩辕容锦封为郡主，小丫头聪明伶俐，玉雪可爱，甚得几位长辈的宠溺。

丞相夫人顾若绫为贺家生下一个小子，贺明睿给儿子取名贺连城，年纪比太子轩辕尔桀略小一些，幼时经常入宫玩耍，与太子尔桀、郡主灵儿私交甚笃，几年前做了太子的伴读，同年纪相仿的其他贵胄子弟一起在尚书房读书。

多年相处下来，凤九卿与贺夫人、七王妃二人结下友情，闲极无事时，便派人去府上下帖子，让她们结伴进宫陪自己玩耍。

七王妃尹红绡心思单纯，天真直率，养出来的女儿也跟她一样快言快语，有时候不小心得罪了人都不自知。

幸亏有七王从旁维护，加之周围的人都了解她的脾气，就算她偶尔在人前说错话，也不会有人跟她一般见识。

贺夫人顾若绫是典型的大家闺秀，学识丰富，思维敏捷，处事圆滑，府中大小事务皆被她处理得井井有条，是贺明睿身边不可缺少的贤内助。

凤九卿年少时一心想着争强斗胜，最不耐烦与同龄的小姑娘玩，唯一有点交情的闺蜜韩湘湘，在几年前远嫁曹北辰，因曹北辰是已故曹太后的亲侄子，前任太子轩辕君昊的表弟，身份特殊，立场尴尬，与皇家不便有过多往来，与他成亲后，韩湘湘便断了与京城这边的所有联系。

随着凤九卿成婚生子，被迫束于宫廷生活，不得不放弃年少时远大的想法，规规矩矩地留在宫中相夫教子。

久而久之，尹红绡和顾若绫便成了她生活中不可或缺的朋友。

午后，几人意兴阑珊地玩了几把叶子牌，在七王妃连续输了八十两银子后，感叹今日赌运不佳，便提议去花园走一走。

散步时，凤九卿问尹红绡："前日几个孩子在尚书房打架，小灵儿有没有被波及受伤？"

尹红绡笑着说："那丫头精怪得很，只有她欺负别人，别人可欺负不着她。倒是太子和连城为了她跟熊家小子大打出手，听说事后还受了责怪。"

顾若绫接口："什么责怪不责怪的，都是做给外人看的。连城和太子一样，容不得外人欺负小灵儿，那熊家小子不讲武德，连几岁大的小姑娘都欺负，活该他被揍得头破血流。娘娘，听说事情发生后，皇上震怒，还为此责罚太子禁足抄书，害太子受了不少委屈。"

凤九卿不在意地说："皇上心中自有分寸，适当敲打，也可督促太子变得更加优秀。"

几个当娘的聚在一起畅聊育儿经，走着走着，竟溜达到尚书房附近。

听到不远处传来小孩子的笑闹声，走近一看才知道，这些在尚书房读书的小孩子正在上骑射课程。

黑阙民风并不保守，自从轩辕容锦登基称帝，专门颁布过一条律法，要求有条件的家庭必须出钱送孩子去私塾读书，女孩子也要在嫁人之前接受教育。

因此，民间有很多私塾都是男女混校，民间如此，宫廷也是如此。

这些来尚书房读书的孩子，都是权贵家中的宝贝，有男有女，每天玩

在一起好不热闹。

当然，孩子们也有等级之分，身为太子的轩辕尔桀便是这群孩子中最具分量的。

人人都知道太子是未来储君，就算很多小孩子还没有形成明确的是非观，不懂权力和地位意味着什么，在父母殷切的提醒下也渐渐明白，有些人，他们一辈子都得罪不起。

凤九卿不想打扰这些孩子玩乐，正欲与两位好友转身离去，却瞥见一个珠圆玉润、长相秀美的小姑娘，含羞带怯地走向正在拉弓射箭的尔桀，像模像样地福了一礼："我替妹妹云锦绣向太子殿下赔个不是。之前她对灵儿郡主多有得罪，引发口角，害得太子殿下加入混战，最后还被皇上责罚，此事皆因锦绣而起，都怪我这个长姐管教不周，才闹出这些是是非非，还望殿下大人不记小人过，切莫对我姐妹二人生出嫌隙。"

小姑娘年纪不大，说出口的话却头头是道。

不远处看到这一幕的顾若绫忍不住对小女娃刮目相看："若没记错，她应该是云太傅家的嫡长女云锦瑟吧，不愧是太傅亲手调教出来的女儿，倒是比许多同龄孩子成熟懂事。"

尹红绡没心没肺地说："这个年龄的小孩子正是无法无天地玩闹的年纪，那云家小姑娘太过乖巧，反倒没了孩童的天真。"

顾若绫点头："这话却不假，懂事太早，心思难免会重一些，长远来看，心思过重的人，于身体健康可没益处。娘娘，我瞧这云家小姐对太子殿下格外亲近，上次国宴时还有大臣开玩笑，说云大小姐学识渊博、德才具备，颇有做太子妃的潜质和天赋，眼看孩子们的年纪一天比一天大，再过几年，咱们这些做长辈的，就要给小家伙们张罗亲事了。"

凤九卿淡然一笑："孩子还小，想这些没影儿的事情不是自寻烦恼吗？等他们长到可以判断是非对错的年纪，想娶谁，想嫁谁，他们自然会有自己的决断。"

顾若绫和尹红绡纷纷点头，对凤九卿的观点十分赞同。

几人谈话的工夫，小孩子那边传来骚动。原来是灵儿跑过来，与云锦

瑟发生了口角。

凤九卿等人听了一会儿，大致了解了来龙去脉，起因是几日前云锦绣故意打坏灵儿身上的一块玉佩，玉佩是灵儿生辰时贺连城所赠，灵儿对玉佩甚是喜欢，便时时戴在身上不舍得摘下。

云锦绣嫉妒心特别强，她也喜欢跟贺连城玩，但贺连城不爱搭理她，只喜欢带着灵儿四处撒野。

云锦绣气不过，便趁灵儿不注意，故意弄坏她的玉佩，两人为此发生口角，还引得尔桀、连城及熊家小子群殴。

身为长姐的云锦瑟得知此事，主动来找尔桀替妹妹道歉，结果灵儿要求弄坏她玉佩的云锦绣给她磕头认错，云锦瑟认为灵儿故意刁难人，想求尔桀帮忙从中调解。

没想到尔桀偏帮灵儿，认为云锦绣有错在先，磕头认错并不为过，灵儿要的就是诚意。

正好一个夫子听到孩子们的争执，便好心过来劝几人和解，还拿尔桀的太子身份说事，希望太子不要拘泥于私人恩怨，既然人家主动低头，就该宽宏大量，不再计较。

轩辕尔桀当着众人的面反问夫子："如果道歉就可以被原谅，那些偷盗者、杀人犯在犯下弥天大罪之后，只要向被害人说句对不起，被害人是不是必须原谅他们的错误？若不原谅，就要被冠上小肚鸡肠的罪名，永远被道德绑架？"

夫子被质问得一愣。

轩辕尔桀再次阐明自己的观点："无论错大错小，只要是故意犯错，就该受到应有的惩罚。夫子一味祖护加害人，可曾想过被害人心里是什么感受？未经他人苦，莫劝他人善，夫子，您说是不是这个理儿？"

好心来劝解的夫子无话可说了。

看到这一幕的顾若绫和尹红绡忍俊不禁，调侃凤九卿："不愧是娘娘手把手教出来的孩子，不开口则矣，一旦开口，必让对方无半点招架之力。"

凤九卿颇为无奈，幸亏容锦不在此地，否则，又要提着儿子的耳朵开始说教了。

再生宫变

三天的时间眨眼即逝，本以为那些符合条件可以离开宫闱的宫女会欣然接受这个安排，没想到凤九卿深思熟虑所决定的事情，竟引来众人的一致反对。

按照原本的计划，至少有一半宫女符合出宫条件，只要她们在契约上签字画押，便可以拿到二百两银子的补偿，离开皇宫，外出寻找更好的生活。

结果，当宫女们得知自己即将被赶出皇宫时，一个个如丧考妣，简直比天塌下来还要恐慌。

尤其是刺绣坊的那些绣女，留在皇宫，每月不但有三两银子的月饷可拿，年底还能分到一匹丝绸、两套成衣、首饰六件，除了不能随便出宫，旱涝保收的日子让她们不愿舍弃眼前的安逸。

为了向皇后娘娘提出抗议，几个胆大的宫女带头怂恿被逐人员找皇后说理，众人齐齐跪在龙御宫门口给皇后施压，正所谓法不责众，只要反对的人够多，就算皇后想治她们的罪也无从下手。

从宁儿口中得知事情始末时，凤九卿正在给心爱的白老虎尔白梳理毛发。

听说外面闹得沸沸扬扬，她便带上白老虎与几个心腹来到闹事现场探看究竟。

果不其然，龙御宫门口黑压压跪了一地宫女，见凤九卿从门内走出，哭着嚷着求皇后不要赶她们离开。

她们自幼在皇宫长大，无法适应外面的生活，若皇后执意把她们逐出宫外，等于间接夺走她们的性命。

要不是皇后身边那只威风凛凛的白老虎从旁震慑，这些人说不定会扑过来抱住凤九卿的大腿。

听宫女们你一言我一语把自己的境况说得凄惨无比，凤九卿只觉得无比可笑："我只想问在场的诸位一句话，既然你们有手有脚，为什么离开皇宫就会失去生存能力？出了宫，摆在你们面前有很多条路，除了与家人团聚之外，你们可以嫁人生子，也可以拿宫里发放的补偿银子投资小生意。人生有几个二十二年？你们宁愿留在宫中混吃等死，也不想走出宫门追求更好的生活？"

带头的宫女朝凤九卿跪爬几步："奴婢们生是皇宫的人，死是皇宫的鬼，只求皇后娘娘垂怜奴婢，不要将我们赶出皇宫。"

仔细观瞧，带头的这些宫女个个出落得如花似玉，皮肤白皙、身材婀娜，稍微有点色心的男子，很难不被这等俏丽姿容所吸引。

凤九卿是多聪明的一个人，顿时明白这些宫女的良苦用心。怂恿其他人随她们闹事，最终的目的是借舆论达成心愿。

真不知该说她们聪明还是愚蠢，以为凭借美貌就可以制造机会得到圣宠，也不想想，荣祯帝从小到大遇到过多少绝色女子，若他真是好色之人，偌大的后宫不至于只有凤九卿一个女主人。

既然她们动机不纯，凤九卿也不屑再给她们留面子："不管你们愿不愿意，这都没得商量。另外，我想提醒各位，做人做事当有自己的想法和判断，切莫受人指使、遭人利用，成了别人爬上高处的垫脚石。出宫有多少好处你们心中都很清楚，非要在某些人的教唆之下留在这里虚度光阴，若千年后回忆此事，你们只会后悔莫及。"

几个貌美的宫女听到此言，一个个面红耳赤，难堪不已。

她们自以为将小心思已小心隐藏，却被心思通透的皇后娘娘一语道破。

偌大的皇宫，谁人不知皇上皇后夫妻情深？别说她们这些连背景都没有的小宫女，就连大臣家中那些貌美如花的千金小姐，想得皇上一个眼神也难如登天。

经皇后娘娘这一点拨，跟风闹事的宫女们恍然大悟，这才发现不经意间竟被别人给利用了。

事实上，当皇后下达遣散宫女的命令时，一部分人对这个决定拍手称快，有更好的选择，谁愿意留在皇宫孤独终老？

可惜大多数人耳根子都软，被有心之人撺掇几句，便以为离开皇宫就是送死，这才稀里糊涂跑来闹事，殊不知，她们已成了别人利用的棋子。

几个带头之人察觉事情失去掌控，一个胆大的宫女摆出视死如归的架势向凤九卿跪爬几步："若皇后执意赶奴婢出宫，奴婢今天就一头撞死在这里。"

其余几个貌美的宫女也有样学样，纷纷扑过来，用死亡来强迫凤九卿退让。

凤九卿这辈子最讨厌别人威胁自己，她面色清冷地看向对方，皮笑肉不笑地说："好啊，既然你们有这等决心，现在便死给我看。"

那宫女大概没想到皇后娘娘会这般薄情，狠话已经说了出去，无论如何也收不回来。

就在这时，远处传来小福子公公的声音："皇上驾到。"

第一百一十一章 飒皇后殿上立威

化解危机

轩辕容锦的出现，让现场的局面发生了变化，尤其是那几个要死要活的貌美宫女，就像找到了主心骨，扑到皇上面前开始卖惨。

这些宫女在凤九卿入宫之前便在宫中当差，可以说是陪皇上一起长大的"元老级人物"。

之所以不像那些得势的女官被皇后重用，是因为她们把心思放错了地方，以为凭借美色就能得到圣宠，哪承想在宫中一熬便是十数载，即便偶尔得见君颜，皇上眼中也只有一个凤九卿，从未正眼瞧过她们。

眼看年纪越来越大，再过几年，待青春逝去、容颜凋零，便一点资本都没有了。

倒不如趁皇后遣她们出宫的节骨眼怂恿众人闹上一闹，说不定可以引来皇上的关注，从此一飞冲天，平步青云。

于是，几个带头的宫女梨花带雨地扑向皇上，正要将满腔衷心全盘倾诉，轩辕容锦竟连多余的眼神都欠奉一个，径直走向凤九卿，关切地问："朕听说这边有人闹事，罪魁祸首便是跪着的这些人吗？"

此事涉及后宫杂务，凤九卿不想占用他的时间，便摆了摆手："都是小事，我可以处理。"

轩辕容锦对凤九卿改革后宫之事略知一二。

既然后宫政务归皇后管理，他当然支持九卿的决定，何况他也觉得后

宫当闲差的人委实太多，遣散一批，可以节省不少不必要的花销。

本以为只是一桩小事，却被侍从告知，被遣散的宫女不服皇后这个决定，拉帮结派地跑到龙御宫门口大吵大闹。

这还得了？他当即放下手边的公务，带着心腹过来一探究竟。

看着跪地不起的宫女们一个个满脸愁容、掩面哭泣，轩辕容锦不耐烦地说："既已下令，该留的留，该去的去，抗旨不遵的直接拉去慎刑司。"

众宫女听到"慎刑司"三个字，无不吓得双股战战，花容失色。

比起皇后，皇上的处事手段更加狠戾，他从不草菅人命、滥杀无辜，但铁律如山，绝不姑息。

在皇上不可忤逆的威严之下，宫女们跪地磕头，连连求饶。

慎刑司如同人间地狱，一旦被送去那里，恐怕再无机会重见天日。

眼看情况急转直下，不希望事态恶化的凤九卿只能出面替众人解围："皇上莫恼，她们在宫中当差十余载，突然遭遇这种变故，内心惶然乃人之常情。"

她随后看向跪地的众人："既然诸位要找我讨个公道，我今日便在这里把话说清楚，遣你们出宫是思虑良久做出的决定。 来，后宫闲人太多，一个人可以做好的差事，往往被分配了四五个人一起做，浪费人力不说，也极大增加了后宫的开销。二来，被列入遣散名单的宫女都已超过二十二岁，这正是适婚适育的最佳年纪，与其留在深宫虚度年华，不如重新开启新的生活。凡是出宫者，不但可以得到二百两银子的补偿，有一技之长的，还可以拿着出宫契约去宫外找合适的差事谋生。稍后我会命人拟一份懿旨发放到各省各地，对手握出宫契约的宫女，必须优先择用。另外，还未婚配的女子，朝廷可以帮忙说媒，为你们挑选顺眼的良人。这两年天下太平，解甲归田的将士有半数仍单身，男未婚，女未嫁，何不趁年华正好，与心仪之人共度余生？"

凤九卿一番话，勾起了无数人的向往。

这些来闹事的宫女，大多数担心出宫之后生活没有着落。

　　既然皇后娘娘给出这种丰厚的承诺，她们当然愿意像普通人一样，与适龄男子结为伴侣，共建家庭。

　　于是，得了实惠的众人开始向往出宫的生活，并为自己之前鲁莽的行为向皇后道歉。

　　一场宫变，被凤九卿三言两语轻松解决。

　　众人心满意足准备离开时，轩辕容锦突然发话："若带头闹事之人不受到惩罚，必会助长歪风邪气，今后任何人心存不满，都会有样学样，率领众人前来闹事，等于向宫廷铁律发出挑战。朕可以不计较其余人的无知之罪，带头闹事者，必须受到宫规处置。小福子，传朕旨意，将挑事者全部送押慎刑司等候发落。"

　　几个貌美的宫女没想到变故来得这样快，说好的法不责众，为什么她们会落得被送押慎刑司的下场？

　　众侍卫无视宫女们的哭喊，以强硬之势将挑事者全部押走。

　　如此雷霆之势，震得在场之人大气不敢出，也深深领教到皇上的手段有多可怕。

　　那么多漂亮的女子说抓就抓，丝毫不留情面，若以后还有人想借美貌上位，可要好好掂量自己的价值。

凤驾亲临

短短数日，后宫的宫女被遣走了大半。

各部门的女官开始重新分配剩余人的差事，绣坊的绣女从原来的四百多人降到一百人，每处空置的宫殿也由原来的四五十人精简到十二个人。

凤九卿粗略估计，通过这次后宫整改，每年至少可以节省一半的支出。本以为是好事一桩，结果没过几天，朝中便有几个大臣针对此事提出抗议，认为皇后的举动过于小气，被驱逐的那些宫女个个容貌姣好、身材婀娜，是皇宫里一道道亮丽的风景线。

皇上大婚当日，曾向天下宣布不会纳旁人为妃，凤九卿独得圣宠本该知足，却在嫉妒心的驱使下将那么多妙龄女子全部赶走，简直有违纲纪，有悖伦常。

要知道，皇宫代表了朝廷的颜面，每年特定的时节，都会有外国使臣前来拜访，进了宫，看到貌丑的宫女端茶倒水，回国后到处传扬黑阙水土不好，养育不出漂亮女娃，到时难免会给朝廷留下一道恶名。

另外，黑阙财力向来富足，养几个宫女能花几两银子？皇后以节省支出为由把人赶走，不知情的，还以为国库空虚，要亡国了呢。

总之，对此事不满的大臣在早朝结束时与皇上理论，希望皇上收回成命，就算不将已经离开的宫女重新召回，也要向民间重新采选，挑些容貌过得去的少女进宫当差。

凤九卿听说皇上在议政殿被大臣拿遣散宫女一事遭受刁难时，直接被那番歪理气笑。

大臣们无中生有，偏要借以此事给凤九卿扣一顶嫉妒的帽子，换作从前，她懒得理会，这一次，她要当面跟他们理论一番。

趁早朝还没正式结束，凤九卿带着跟屁虫尔白来到议政殿。

被几个大臣缠得昏昏欲睡的轩辕容锦本不打算理会这些人的胡说八道，打算等他们叨叨完，再寻个借口溜之大吉。

见凤九卿与尔白不请自来，容锦来了精神，命人赐座。

凤九卿也不客气，在众目睽睽下坐了下来，身躯庞大的尔白像只乖巧的小猫咪，趴在凤九卿脚边，看向众人的眼神却充满威严与警告，仿佛在说，谁敢靠前一步，就别怪它嘴下无情，直接把对方当饭后餐点来享用。

凤九卿是议政殿的常客，自轩辕容锦毫不遮掩地向众人展示她的治国才华，每次遇到紧急事件时，都会把凤九卿请到议政殿，帝后二人共同主持朝中大局。

经过数次化解危机，凤九卿在一部分大臣心中的地位已经与英明神武的荣祯帝比肩。

当然，朝廷中不可能只有一种声音。

有人支持，自然会有人反对。

以左督御史熊有才为首的几位臣子，便对后宫参政颇有微词。

可惜他人微言轻，改变不了皇上的想法，只要皇后做得不太过火，他可以勉为其难地睁一只眼闭一只眼不去理会。

但这次，熊有才认为此事大大不妥，就算皇后亲自出面，他也要把自己的想法阐述出来。

听他冠冕堂皇地说了一番废话，凤九卿突然问："敢问熊大人，你和我，谁才是真正的后宫之主？"

熊有才没想到皇后问话的方式这么直接，当下回道："自然是坐在臣面前的皇后娘娘。"

"那么有资格管理后宫的又是何人？"

"当然也是皇后娘娘。"

"如此，我就不明白了，熊大人一个外臣，不关心民间疾苦，反倒把目光落在后宫政务上算怎么回事？莫非熊大人觊觎我的国母之位，想取而代之，统领后宫？"

此言一出，以贺明睿为首的一些看热闹的大臣，都忍俊不禁，笑出了声。

被皇后当众戏弄的熊有才红着脸为自己辩解："娘娘……娘娘误会了，臣绝对没有这个意思。之所以对遣散宫女一事提出反对，皆因臣忠心赤胆，时时刻刻为朝廷着想……"

"行了，熊大人，你不必在我面前长篇大论，拿所谓的朝廷颜面来谈论是非。你的那番说辞根本站不住脚，即便有外国使臣出访我朝，看重的也是君王如何用雷霆手段治理朝政，为天下百姓谋取福利。拿后宫女使的容貌来判断我黑阙水土是否能养育出娇滴美人，这种看事片面化的使臣非蠢即坏，另外……"

凤九卿睥睨着众人："就算国库充盈，也没道理把钱拿来养许多闲人。越是太平盛世，越要重视军事培养，我黑阙驻扎在各省各地的兵将足有一百二十万，除了粮草衣物，每年还要向驻地提供新武器，仅这项开支，就是一笔庞大的数字。我倒想问问在场的诸位，用养闲人的银子来养军队，我做的这个决定究竟哪里有错？"

贺明睿带头作揖："皇后忧国忧民，看事长远，这等格局和魄力，令臣等佩服。"

其余同贺明睿立场一致的臣子也纷纷效仿贺相爷，好听的话不要钱似的往外扔，就差把凤九卿当成菩萨供起来了。

被贺明睿等人这么一挤对，反倒把熊有才衬托得小家子气，他不甘败给一个女人，极力为自己的行为找借口："臣也是遵循旧礼，才对皇后的行为提出质疑。您想节省开支供养军队本没有错，错就错在，自古以来服务于宫廷的人数有严格限制，娘娘一下子遣走半数宫人，偌大的皇宫人气骤减，于风水学上也没有益处。臣极力反对此事，也是为了

皇家风水着想。"

凤九卿嗤笑一声："熊大人反对的理由究竟是为风水着想，还是为仕途着想？"

熊有才愣住了，一时不知该说些什么。

凤九卿慢慢起身，负着双手走近熊有才，语带戏谑地说道："此次带头闹事的宫女中，一个叫红梅，一个叫绿柳，两人因触怒圣颜被关在慎刑司接受刑讯，想必熊大人心疼坏了吧？"

这番话一出口，议政殿的气氛陡然一变，信息量太大，他们一时之间难以消化。

前一刻还正义凛然的熊有才，额头开始渗出薄汗。

凤九卿不给他辩解的机会，咄咄逼人地说："放眼后宫，她们两个最美，我先前还奇怪，凭她们的长相，出宫后有足够的资本找一户好人家嫁掉，为什么偏要赖在后宫不肯离开，甚至还唆使其他宫女一起闹事。调查后方知，原来多年前她们是带着任务进的宫。熊大人好手段，在宫里安插两个眼线，不知是为了通风报信，还是等她们飞上枝头时帮你一把？"

熊有才扑通一声跪倒在地，连连解释："此事定有误会，还请娘娘明察。"

凤九卿如同一个不可侵犯的王者，居高临下地看着熊有才："老老实实出宫多好，非要为了不切实际的利益折腾自己。人哪，就是迈不过贪心这个坎儿，熊大人，你说是不是？"

被皇后明敲暗打了一番，熊有才彻底老实了。

看足热闹的贺明睿不禁感叹，对付这种刺儿头，还得皇后娘娘亲自出马，几句话就能让对方老老实实，如今还被皇后捏住了小辫子，看来这个熊有才应该会消停一阵子。

宣布退朝后，轩辕容锦追着凤九卿走出议政殿，问她为什么会来得这么及时。

就算两人是恩爱的夫妻，凤九卿也不希望他多想，毕竟议政殿是谈论国事的地方，皇上与大臣讨论的内容随随便便传到后宫，经过有心之人一

番渲染，说不定又要在她头上扣下罪名。

"你别多想，这次出面帮你解围纯属巧合。也怪这位熊大人多嘴，早朝没开始之前，便与交好的几个同僚商量要在议政殿中指责我的不是，谈话内容被宁儿听到，便私下透露给我。正逢慎刑司从红梅和绿柳两人口中审问出不少消息，皆与熊有才有关。我寻思着，此事必须尽快解决，免得那些多嘴之人揪着此事没完没了。"

轩辕容锦哪会多想，他巴不得凤九卿时刻关注他的一举一动，只有这样才能证明，他在她心中的地位无可替代。

轩辕容锦亲昵地将唇瓣贴向她耳边，肉麻地说："你处处替朕着想，朕心中欢喜得很。"

凤九卿起了一身鸡皮疙瘩，见尾随在身后的宫女太监一个个眼观鼻，鼻观口，努力装作一副"我没看到，我没听到"的表情，忍不住嗔怪："光天化日说这种话，也不怕被人听去？"

轩辕容锦不在乎地说："你是朕明媒正娶的皇后，就算说了肉麻的话，谁还敢来指责朕不成？"

凤九卿忽然很想逗逗他，便抬起食指，像登徒子捉弄良家少女般勾起他俊俏的下巴："说得极是，夫妻之间本该亲亲密密，有啥说啥，若规矩太多，反显得生分。你心中欢喜，才不枉我今日去议政殿英雄救美。瞧你这一脸细皮嫩肉，真被那些多事的大臣欺负了去，我可是要心疼的。"

被挑起下巴的轩辕容锦愣了半晌，才意识到自己被凤九卿调戏了。

虽然凤九卿穿回女装已有数年，眉宇间的英气与霸气却深刻心中，想当年，化身儿郎的她可是不少千金名媛求嫁的目标。

难怪那么多痴情女子对年少时的凤九卿死心塌地，若她有心效仿男儿，其他男子都得靠边站。

想归想，面子还是要争的。

很快反应过来的轩辕容锦拦腰抱住凤九卿，故意当着众人的面警告："反了天了，看来朕需要在你面前重振夫纲。"

夫妻两人无所顾忌地说笑打闹，蜜里调油的感情不知羡煞多少人。

历史典故

贵为帝王，手握江山，又娶得凤九卿这般倾城佳人伴在身边，对轩辕容锦来说，他已经圆满到此生无憾的地步。

世上唯一还能给他找点不痛快的，只有那个时时刻刻喜欢同他唱反调的宝贝儿子。

顺心的日子没过多久，问题接踵而来，在尚书房读书的轩辕尔桀因聪明伶俐、博学多才，深得太傅与夫子欣赏。

轩辕容锦问及儿子功课时，太傅云四海不止一次当着皇上的面夸赞太子，小殿下口才与应变能力无人能及，书本只要翻上几回，便过目不忘、倒背如流，赞他一句少年天才也不为过。

儿子出息，当父亲的自然与有荣焉，抛却皇帝这个身份，轩辕容锦也是个普通的父亲，像天底下所有的爹爹一样，日盼夜盼自己的儿子有朝一日可以成为国之栋梁。

这天，他例行把尔桀叫到面前考学问，小家伙果然如太傅所言，随便拎出一本书，就能流利地将内容复述出来。

容锦对儿子的表现十分满意，正要放他离去，瞥见书案上放着一本书，里面记载了许多事件，其中张巡守睢阳这个典故颇具争议。

此典故说的是，镇守睢阳的张巡率三千士兵对抗十三万敌军，在多达四百余次的战斗中始终未被敌军攻破。虽然张巡守城有方，但长期被困，

面临粮草问题。绝境之下，为稳军心，他诛杀爱妾及城中老弱妇孺，"凡食三万口"，使人肉为士兵所食，终破敌军，引得后世争论不休。

轩辕容锦将这段典故讲给尔桀，并问他是否赞同张巡的做法。

也是巧了，这段典故，尔桀早在许久之前便已听过，当父皇询问自己的见解时，他当即表示无法接受张巡的做法。

这个答案令容锦意外，便问："为何不接受？"

轩辕尔桀反问："为何要接受？他诛杀爱妾及城中妇孺供士兵食用，只能缓解一时之饥，解决不了根本问题。且吃人的口子一旦打开，食人者的心理防御同样会被击破，拖到最后，演变成人吃人，必将酿就一场人间惨剧。"

轩辕容锦驳斥道："朝廷利益高于一切，当时他所面临的环境没有其他选择。这么做，既阻止了叛军前进，又给朝廷争取了时间。于大义来讲，并没有错，你拿人性对他进行道德批判，倒显得鼠目寸光，不堪大任。"

尔桀据理力争："若儿臣是张巡，绝做不出诛杀爱妾及城中妇孺这种逆天之行。他可以把选择权交给士兵，让余者决定是苦战还是投降。"

轩辕容锦被气笑了："这种做法是懦夫行为。他当然知道这样不对，然而所欲有甚于生者，故不为苟得；所恶有甚于死者，故患有所不避。张巡作为饱学之士，明白世间有超越个人生死的东西，以人为食并非怕死，而是要活着来解救更多的人。"

轩辕尔桀忽然问："如果父皇认同张巡的做法，同样遇到那种情况，是否会为了活下来解救更多的人，而将母后及儿臣诛杀，以供士兵饱腹？"

这就是容锦不待见儿子的地方，小家伙各方面都很优秀，偏偏说话的方式令人生怒。

明知道九卿是他心里不能碰触的逆鳞，就算做类比，也不该拿他最看重的人来当案例。

轩辕容锦瞬时沉下脸，严厉地警告："朕不是张巡，也不会让自己所

统御的江山面临那种危机。"

轩辕尔桀较真："父皇是不是张巡并不重要，重要的是，当父皇必须面对这种选择时，究竟会不会拿母后和儿臣的性命前去祭奠。"

"这种选择对朕来说并不存在。"

轩辕尔桀一语挑破他的内心："父皇训责儿臣鼠目寸光，不堪大任。若父皇身处那种境地，也做不到拿至爱亲人的性命去换取所谓的大仁大义。父皇常常教导儿臣，己所不欲，勿施于人，所谓帝王之道皆是空谈，人性才是我们最该遵守的底线。"

可叹轩辕容锦一世英才，却被儿子的一番大道理顶得无言以对。

从私人感情来讲，他的确做不到杀妻灭子，成就大义。

可从君王教育太子的角度来讲，他又强迫儿子认同张巡的做法，这是身为当权者必须学会的一节课程。

父子俩各执一词，都认为各自的观点才是对的。

当轩辕容锦强行将"正确的想法"灌输给儿子时，轩辕尔桀一倔到底，死活不改自己的初衷。

轩辕容锦当然不可能惯他的臭脾气，震怒之下，罚儿子跪在御书房外好好反省，什么时候想通了，什么时候再起来。

可怜小太子不过是被父皇叫来问询功课，却落得被罚跪的悲惨下场。

贺明睿因朝廷政务来御书房见驾，就看到小家伙可怜兮兮地跪在门口，看到他时，还委屈地唤了一声："明睿叔叔。"

贺明睿很是无语，来到御书房，方知事情的前因后果。

"依臣之见，太子敢在强权之下坚持本心，于皇上来说并非坏事。这个年纪的小孩子，是非观还未成熟，通常被人吓唬几句就会认输，太子与他人相比堪称一枝独秀，臣倒觉得应该好好夸赞一番。"

轩辕容锦打断他的话："朕知道你想替那小子求情，不必浪费口舌，让他跪着好好反省，仔细想想错在了哪里。普通人家养出来一个慈悲心肠的孩子那叫幸事，皇族子嗣怎能与庶民相比？历史上那些软弱的皇帝，有几个落得好结局？朕好不容易打下江山，为他提供优渥的环境，他不知珍

惜也就罢了，还梗着脖子跟朕唱反调，必须重罚。"

贺明睿劝说无用，只能由着父子二人继续较劲。

直到太阳快要落山，跪在书房外的尔桀仍旧没有妥协的迹象。

天空飘下细细的雨丝，雨势虽不大，浇得久了，尔桀身上的丝袍被一点点浸透。

他头发微湿，两个膝盖跪得疼痛难忍，也不知这场责罚何时结束。

一把油纸伞撑过头顶，尔桀抬起头，就见容貌俊美的父皇居高临下地看着自己，冷声问："可知错了？"

小福子在皇上身后冲太子挤眉弄眼，暗示他赶紧向皇上告饶，好汉不吃眼前亏，跟自己亲爹较劲，就算赢了，也会背上不孝的罪名，何必呢？

轩辕尔桀也不知从哪儿冒出一股倔劲儿，不改初衷："儿臣不认为自己有错，就算父皇打死儿臣，儿臣的立场也不会变。"

小福子急得转圈，小祖宗哎，这个时候还嘴硬，不是自找苦吃吗？

轩辕容锦非但不恼，反而有点欣赏儿子这种不屈的精神。欣赏不代表退让，该罚的还得继续罚。

"朕倒要看看，你能嘴硬到什么时候。"

撤掉油纸伞向前走了几步，经过儿子身边时他提醒道："记着，只有把权力握在手中，才有资格发号施令，否则，你只能跪在这里任人宰割。朕愿意给你创造得权的机会，也得你自己有本事抓住才行，继续跪着反省吧。"

说完，他在侍从们的簇拥下扬长离去。

母子谈心

　　太子在御书房门口被罚跪的事情，不可避免地传到了凤九卿耳中。

　　宁儿担心太子吃亏，求皇后去为太子求情。

　　得知他们父子因为政见不同又闹起了矛盾，凤九卿左耳进，右耳出，不发表任何意见，一门心思用毛刷帮昏昏欲睡的尔白整理毛发。梳到后颈的软皮时，尔白舒服得直哼哼。

　　宁儿急得够呛，不厌其烦地在凤九卿面前念叨："太子已经在外面跪了两个时辰，他年纪那么小，身体不比成年人健朗，如今外面又飘着雨，万一染上风寒患了重病，后悔心疼的还不是娘娘？他可是娘娘身上掉下来的一块肉。"

　　凤九卿哼了一声："皇上都不急，我急什么，儿子不是我一个人的，就算他有三长两短，着急上火的也该是皇上，轮不到我这个当娘的操心。皇上比谁都清楚，他儿子被养得有多优秀，非要拿君权来压人，我就由着他继续折腾。我倒要看看，真出了事，谁更心疼。"

　　宁儿不知该说什么才好，当爹的心狠，做娘的薄情，可怜太子才一丁点年纪，却要遭受这种待遇。

　　正纠结的工夫，忙完公务的轩辕容锦回到龙御宫。

　　见凤九卿又在亲自给尔白梳毛，他突然嫉妒起那个大家伙，可以时时刻刻赖在九卿身边，比他和儿子幸福多了。

凤九卿笑着打招呼："今日倒回得早，折子都批完了？"

轩辕容锦凑了过来，意兴阑珊地捏了捏尔白的耳朵，尔白掀起眼皮瞅了他一眼，翻了个身，继续闭目养神。

被豢养多年的爱虎漠视，轩辕容锦也不生气："每天都有成山的奏折等朕亲批，怎么可能会有批完的一天。"

说完，他细细端详凤九卿的脸色，心中暗想，尔桀被罚跪在御书房门前，十之八九已经传到妻子的耳朵里。

初时为了立威，想狠狠给儿子一点教训，谁料两父子都是倔脾气，儿子若不肯妥协，就得当爹的做出让步，大局面前，他当然不可能被一个小屁孩唬住。于是，他便狠心将惩罚进行到底。

回龙御宫的途中，轩辕容锦已经后悔，近日降温，外面又下了雨，万一儿子被淋病了，做父母的难免要着急担忧。

狠话已经说出去，想往回收，也得找个合适的台阶，便心心念念地期待九卿可以从中调解。

凤九卿偏偏不如他的愿，摆出事不关己的态度，话题围着尔白打转，一会儿说尔白近日养胖了，一会儿又说要给尔白配只母老虎，多生几只小虎崽，也能给死气沉沉的宫廷带来欢乐。

眼看外面天色越来越黑，轩辕容锦渐渐坐不住，直截了当地说："朕今日考问尔桀学业时，发现他读书不认真，一怒之下，罚他跪在御书房外反省。真是越大越不省心，你说句公道话，这种笨孩子，是不是该被狠狠教训？"

凤九卿点头："自然是应该。"

"啊？"

这一回答完全在轩辕容锦意料之外，他故意把事情说得很严重，就是借机让九卿劝他，别动不动就跟儿子发脾气。

只要九卿给他个台阶下，这场惩罚也就可以宣告结束。

凤九卿何等聪明，岂会不懂他的心意？可她就是不肯接招，非要让他尝尝百蚁噬心的难受滋味。

以为自己是皇帝便可以任性妄为，也不想想，儿子已经做得面面俱到，还要被他这个当爹的吹毛求疵，今儿这个台阶，她死活都不会给。

两夫妻斗智斗法，却苦了远在御书房外罚跪的太子，因为跪的时间太长，又被雨水淋湿了身子，小家伙身体吃不消，半刻钟前昏倒了，被旁边看守的侍卫抱回了东宫。

消息传到帝后面前时，两人都很后悔。

经御医诊治，尔桀身体倒是没什么大碍，就是跪得太久，晌午时又没用膳，劳累过度，饿昏了过去。

御医针对病情开了药方，一碗汤药灌下去，轩辕尔桀恢复了体力，人也醒了过来。

他睁眼的时候，看到母亲守在床边，正拿药膏给他擦跪肿的膝盖。

药膏碰到肿处时，他微微皱眉。

见儿子醒了，凤九卿放慢动作，柔声问："很痛吗？"

小家伙故作坚强地摇摇头："不痛。"

凤九卿揉了揉儿子的脑袋，哄着说："痛是人类五感之一，就算说出来也不丢人。"

"儿臣是男子汉，男儿当顶天立地，不惧生死。"

"真是个傻孩子。"

凤九卿有心数落几句，看到儿子面无血色，膝盖又肿得像两个馒头，溜到嘴边的训斥之言又被压了回去。

"谁规定男子汉就得不怕生死？何况你只是被饿昏过去而已，死亡离你还很遥远。就是腿肿的样子有点难看，得恢复两天才能正常走路。"

涂好药膏，凤九卿轻轻帮儿子拉上裤腿，忍不住在他额头戳了几下，骂道："你这小孩不长记性，上次怎么教你的？在父皇面前要多加收敛，别逮着机会就跟他对着干。他是皇帝，是长辈，无论他说什么，你作为小辈乖乖听着就是，闹成这样，你满意了？"

轩辕尔桀挣扎着从床上坐起来，急急说道："母后，这事儿臣不能忍。父皇考问儿臣对'张巡守睢阳'这段典故的意见，儿臣不认同张巡的

做法，夫子说，做人要心口一致，儿臣不能为了取悦父皇，便昧着良心说谎话……"

凤九卿失笑，故意问："你怎么知道你父皇想听的不是谎话？说你笨，真是不冤，他要的只是一种态度，可你非要唱反调害自己受苦。这种行为往好听了说是诚实，往难听了说，就是不懂变通。尔桀，你须知，有时善意的谎言比诚信更有抚慰人心的效果。"

只有在母亲面前，轩辕尔桀才会展现出最真实的自己。

他像小大人一样故作深沉地叹了口气："生在宫廷，着实无趣，人人都羡慕儿臣是天选之人，甫一出生就被立为太子，却不知道儿臣背负了多大压力。做得好，人家说这是应该的；做得不好，人家又说太子无能，不堪大任，若儿臣身边多几个兄弟姐妹便好了。"

这一点，凤九卿深深觉得是自己愧对了儿子。

多子多孙本是皇家的特色之一，可身体原因，她无法孕育太多子嗣，无形中给身为独子的尔桀带来了压力。

意识到自己不小心说错话，轩辕尔桀连忙解释："母后别恼，儿臣没有别的意思，就是在想，若出生在普通人家，会不会比现在少许多烦恼。儿臣看得出，母后并不喜欢宫廷生活，天下那么大，皇宫却这么小，整日被关在这里，虽然好吃好喝，享受荣华富贵，但这种日子过久了，一点都没意思。要不是父皇苦苦纠缠，母后才不屑留在这里被束缚自由，对吧？"

凤九卿惊讶地看向儿子，没想到尔桀年纪不大，观察能力却很强。

她以为自己掩饰得很好，尽可能在夫君面前装得很幸福，其实，她从来都不喜欢宫廷生活，沉闷、压抑、窒息，每天数着时辰过日子。

要不是夫君和儿子在身边牵绊，这种荣华富贵爱谁要谁要，她才不稀罕。

"尔桀，这番话在我面前讲讲也就算了，当着你父皇的面千万不要说。被他知晓，心中定会非常难过。"

轩辕尔桀点点头，想了想又忍不住问："儿臣听说逍遥叔叔当年对母

后情深不悔，既然母后不喜欢宫廷生活，当年为什么不选择逍遥叔叔？与父皇相比，儿臣觉得逍遥叔叔与母后成亲更合适。"

凤九卿嗔骂道："这种大逆不道的话传到你父皇耳中，看他不揍你。"

"唉，你们大人就是不诚实。"

凤九卿纠正儿子的想法："婚姻讲的是缘分，我与你逍遥叔叔的缘分是朋友，与你父皇的缘分才是夫妻。"

轩辕尔桀挑破真相："明明是父皇当年利用权势从逍遥叔叔手中把你抢走的。"

"你这孩子，越说越离谱，这种小道消息是从哪里听来的？"

"知情的人都这么说。"

凤九卿哼了一声："显然他们并不知情。"

"我觉得逍遥叔叔很不错，风趣幽默，爱说爱笑，特别喜欢逗我们这些小孩子开心，如果他是我爹……"

"你可快点闭嘴吧！"

凤九卿赶紧捂住儿子的嘴："再胡说八道，你这条小命可就要保不住了。"

殊不知，两人口无遮拦说的这番悄悄话，被前来探望儿子的轩辕容锦在门外听去。

虽然深信九卿对自己的感情是出于爱，而不是出于权势束缚，轩辕容锦还是不可避免地因为这番对话而心里发堵。

他努力为妻儿创造一切，荣华富贵、权倾天下，可人家根本不稀罕，甚至于他辛辛苦苦培养出来的儿子，还想把另一个男人当父亲。

默默离开东宫，轩辕容锦需要冷静一下，想一想究竟是什么原因才造成了今天的局面。

他不知道的是，自己前脚刚走，轩辕尔桀便又发自肺腑地说："与逍遥叔叔比，儿臣最尊敬的还是父皇。他为了母后遣散后宫，为儿臣扫除障碍，凭一己之力打造出这太平盛世，他是儿臣心中当之无愧的大英雄。"

　　凤九卿拍拍儿子的脸颊："所以从今以后，要好好孝敬你父皇，可别再惹他生气了。"

第一百一十二章 ❀ 生误会父子相斥

耿耿于怀

踏出东宫时，凤九卿长长舒了一口气。

小孩子果然是天底下最难对付的一种怪兽，尤其当这个小孩子有一颗聪明的脑袋瓜时，难度指数真是直线飙升。

回到寝宫，凤九卿吩咐宁儿准备热水，她要好好泡个热水澡，把满身疲惫全部冲走。

龙御宫内烛火通明，轩辕容锦捧着一本书，坐在书案前慢慢翻看。

凤九卿伸了伸酸软的四肢，感叹自己近些时日越来越懒，连每天早起练功这么重要的事都被她抛到脑后。

容锦的目光从书本移向凤九卿，见她无精打采地坐在对面，有一下没一下地揉着肩颈处，关切地问："是不是身体不舒服？"

凤九卿摆摆手："没什么大碍，太久没练功，身体有点僵硬，活动活动就好。我刚去看过尔桀，淋雨着了凉，幸亏底子好，灌了碗姜汤，气色恢复得差不多，就是膝盖肿得厉害，即便涂了药，也得休养几天才能正常走路，这几日便不用去尚书房了。"

轩辕容锦沉着脸说："小病小痛无须休养，切莫助长他因噎废食这种恶习。"

"因噎废食？这么说可有失公平，尔桀自控力向来不错，付出的努力只比别人多，不比别人少。如果不是被你刁难，他也不会跪到膝盖红肿，

幸亏他幼时习武，身体比同龄孩子硬朗，换作普通人，一跪好几个时辰，两条腿怕是要废掉了。"

"连这点苦都吃不得，日后他如何继承大统？"

凤九卿没好气地反驳："你的观点很有问题，强加在孩子身上的惩罚与接受磨炼是两个概念，若尔桀德行有亏，挨打挨骂我不拦着，仅仅因为立场与你不一致便利用皇权压制儿子，摸摸自己的良心，就不会痛吗？"

轩辕容锦面色更冷："你在质疑朕的教育方式？"

"并没有，我只是在阐述我的想法。儿子出生时我就承诺过，会把他交给你全权教导，你我二人育儿理念分歧太大，总要有一方做出妥协。出于尊重，我愿意退让，哪怕不认同你对儿子动辄打骂，也从不插手过度干涉。只希望你做事公平一点，别为了私念，寒了儿子的心。"

轩辕容锦已有动怒的迹象："私念？你说这话是什么意思？难道你觉得，朕会故意为难自己的亲生骨肉不成？"

凤九卿并不惧他："有没有故意为难，你我心知肚明。我从不认同棍棒底下出孝子这套理论，只要父母在孩子面前树立正确的是非观，他自然会有样学样，加以效仿。"

轩辕容锦豁然起身，居高临下看向凤九卿："言下之意，你在指责朕并没有给尔桀树立正确的是非观？"

劳累了一天的凤九卿不想因为这件事跟他吵架，摆了摆手，做出让步："就当我言语失误，表述不清，这个话题到此为止，从前的承诺依旧不变，教导儿子的责任由你承担，我不插手。天色已晚，早点睡吧。"

宁儿已经备好热水，与其把精力用在斗嘴上面，还是洗澡睡觉更为实在。

轩辕容锦突然问："九卿，你是不是后悔了？"

凤九卿被问得一愣："后悔什么？"

"后悔嫁朕！"

凤九卿敛起眉头："你为何会有这种质疑？"

容锦目光灼灼地看向她："有些心结，即使经过年轮洗刷，也令朕无

法释怀。"

凤九卿走向他，拉近彼此的距离，直截了当地问："你刚刚是不是去过东宫？"

与容锦成亲甚久，对彼此的习性早已了解得深入骨髓。两人之前的感情还蜜里调油，他突然变得这么矫情，十之八九是听到了什么。

仔细一琢磨，她便猜出了大概，定是尔桀口无遮拦说的那番话被容锦听去了，才会沉着脸找碴跟她闹别扭。

轩辕容锦不答反问："你还没回答朕，可曾后悔当年的决定？"

"问这种问题毫无意义，尔桀一个小孩子，对大人的事情能了解多少？你从始至终都是他父亲，既然是父亲，就该做出表率，以成熟的方式来面对一切。"

轩辕容锦锲而不舍地说道："朕只想从你口中得到真实的答案。"

凤九卿生气了，声调也拔高了几分："答案是，我从未后悔，满意了吗？"

轩辕容锦并不满意，可他也不知道自己究竟在计较什么。

不管人的年纪如何增长，面对感情时都会像不懂事的孩子般喜欢钻牛角尖。

若凤九卿只是一个普通女子，眼前所拥有的一切必会让她意乱情迷，可她偏偏不普通，权势地位这些俗物在她眼中不值分毫，这让容锦很没安全感，甚至开始质疑自己的魅力。

"九卿，你别怪朕胡思乱想，尔桀说朕与你的婚姻建立在强权之下，你我心知他所言皆是事实。这么多年，表面看去你已经融入宫廷生活，朕却知道，你过得不快乐。那些伤疤，朕不说，不代表不存在，比如朕当年因为私心，差点将尔桀扼杀在你肚子里，是逍遥不顾生死救了你们母子的性命，与逍遥无私的爱相比，朕对你的纠缠更显得小肚鸡肠……"

"你有完没完？"

凤九卿不耐烦地打断他的话："陈年旧事，你讲出来有何意义？别说逍遥与我之间根本不是那种感情，即便是，我们都有了自己的生活，难道

你还想与我和离，然后下一道旨意，逼迫我跟逍遥成亲？"

"若朕真的这么做，你可愿嫁他？"

"你够了！"

凤九卿忍无可忍地推了他一把："我觉得咱们应该冷静一下，再聊下去，事情会变得越来越糟糕。这几天我先搬去凤鸾宫，给彼此点时间，等心里的担子放下去，咱们再心平气和坐下来好好讨论未来该怎么走。"

凤九卿深知吵架伤感情，容锦又特别喜欢钻牛角尖，时不时就翻当年的旧账，让她疲于应付的同时，对这种充满质疑的感情心生厌恶。

只有暂时分开，才能避免无休止的争吵。

于是，凤九卿一甩衣袖，带着几个心腹宫女浩浩荡荡回了凤鸾宫。

皇上皇后各住一宫，这是千百年来不变的规矩，轩辕容锦偏要反其道而行，强行把凤九卿绑在身边寸步不离，也难怪一部分大臣会在背后说闲话。

凤鸾宫华丽宽敞，设施一应俱全，可惜凤九卿嫁进皇宫这么多年，真正住在这里的天数少之又少。

好不容易找借口回到自己的地盘，不住到满意她是不会搬走的。

从前因为口角纷争，凤九卿也会在恼怒之下搬进凤鸾宫让彼此冷静，通常情况下，两人冷战的时间不会超过十二个时辰。

可这一次，容锦发现凤九卿是真的生气了，当天晚上，她便派人来龙御宫搬东西，衣裳、首饰、书本、字画，一样不落地全部搬走。

当宁儿将凤九卿每晚睡觉枕的玉枕也装进箱子里时，看不下去的轩辕容锦厉声阻止："枕头你也拿？"

宁儿冲容锦福了一礼："娘娘说，这只玉枕她枕着舒服，吩咐奴婢一定要带上。若皇上不准，娘娘今晚恐怕无法安眠，还请皇上不要为难奴婢。"

轩辕容锦心浮气躁地冲宁儿摆摆手："拿走，无论她想要什么，都拿走。"

宁儿再次屈膝施礼："谢皇上体恤。"

说完，宁儿继续吩咐干活的太监，把该拆的、该卸的全部搬得干干净净，就连墙壁上凤九卿亲手写的字画也没落下，如数搬进了凤鸾宫。

经过这番折腾，偌大的龙御宫显得冷冷清清、空空荡荡，轩辕容锦这才发现，成亲多年，他与九卿已融为一体，彼此世界中随处可见对方的痕迹，衣裳鞋袜，一针一线，凝聚了他们共同的回忆。

他有点后悔今晚的冲动，若非在无意间听到尔桀说的那番话，也不会追忆过往，将那些陈年旧账翻出来嚼咽。

有心想要挽回局面，凤九卿根本不给他机会，说翻脸就翻脸，还命人把东西全部搬空，真是一点余地都不留。

往日用膳时，夫妻二人会聚在一起，你帮我盛汤，我帮你夹菜，比普通百姓的日子过得还有烟火气。

凤九卿这一走，偌大的龙御宫只剩容锦一个人吃饭，看着满满一大桌子美味佳肴，他突然就没了半点食欲，只象征性地喝了一杯酒，便命人把饭菜全部撤了。

就这样一连过了两三日，始终不见凤九卿有搬回来的迹象，在强大自尊心的作祟下，轩辕容锦坚决不肯率先低头，于是，只能任由冷战升级。

听暗卫说，自从搬回凤鸾宫，九卿每天的生活极有规律，晨起后在院子里耍几套剑法强身健体，用完早膳，召集女官开例行宫会，每天再抽出一部分时间带着越来越肥的尔白去花园散步。

午后的时间最是惬意，看看书、喝喝茶、抄抄经书、作作字画，晚上睡得早，第二天起得也早，几天工夫，凤九卿把自己调理得精神饱满、面色红润。

她容貌生得本来就好，当年又吃了小七不知从哪里弄来的补药，明明已经二十好几，不知情的人看到她那张脸，还以为她只有十七八岁。

轩辕容锦反观自己，自从九卿搬走，每天吃不好、睡不香，无聊时熬夜看奏折，很快便挂上了两只黑眼圈。

与凤九卿的悠然生活相比，他的日子过得简直不要太辛苦。

没有对比就没有伤害，想到自己落到这步田地皆是拜尔桀那个小浑蛋

所赐，出于报复，轩辕容锦下令把儿子叫到身边亲自管教。

对外宣布的理由让人无从反驳，荣祯帝膝下只有轩辕尔桀一滴血脉，为了尽早让太子成才，皇上决定让太子住进龙御宫时刻看管，每日早起跟着上朝，下朝后去御书房学习批奏折。

作为未来储君，这些事情他早晚要学，哪怕大臣说太子的年纪现在还小，不适合过早接触这些，轩辕容锦仍一意孤行，用苛刻的方式教导儿子必须达到他所有的要求。

大臣们如何看不出，皇上这是在故意刁难小太子。

上早朝时，他让太子针对不同省县发生的事件给出解决方案，若太子说得好，皇上最多点头认同，若说得不好，皇上便当众狠狠斥责。

除了上早朝时备受煎熬，下朝后，轩辕尔桀也落不到好，被迫跟着父皇去御书房看奏折，字写得不好要挨罚，奏折批得让皇上不满意也要挨罚。

除了上朝议政、批阅奏折，其余时间也不消停。

忙碌了一天，皇上把太子带回寝宫，让他在自己眼皮子底下继续做功课，琴棋书画必须样样精通，不管哪样学得不好，都得被藤条伺候。

换作其他孩子，每日遭受这样的刁难，早就哭花了小脸，跑母后那里寻求安慰。

轩辕尔桀跟他爹一样，天生傲骨，遇到困难不肯服输，一次做不好，他就做两次，两次做不好，就做三次、四次、五次，必须做到满意为止。

找母后哭鼻子？不存在的！寻求娘亲保护是懦夫行为，如果连这点压力都承受不住，有什么资格成为顶天立地的男子汉。

就这样，同样倔强的父子二人暗中较劲，无论轩辕容锦对儿子提出多高的要求，只要死不了人，他一定会想办法努力完成。

已经搬进凤鸾宫的凤九卿对这场父子之战有所耳闻，听说儿子几乎每天都要挨一顿藤条，往往旧伤未愈，又添新伤，还要顶着痛苦在御书房一坐就是一整天，凤九卿又是心疼，又是憋气，在心里把罪魁祸首的祖宗八辈全部问候了一遍。

她知道容锦那浑蛋故意在拿儿子撒气，舍不下脸来凤鸾宫找她求和，便利用儿子捏她软肋，强迫她向他主动低头。

他这种惯用的伎俩，真是让人恨得牙痒痒。

凤九卿沉得住气，看着小太子一天天长大的宁儿就快沉不住气了。

每天不厌其烦地把小太子被皇上刁难的遭遇向皇后禀报，求皇后快点想办法，不要继续任由皇上施压。

这天，宁儿又哭着跑来找凤九卿告状："娘娘快去管管吧，太子殿下这次惹上了大麻烦，被皇上责罚在御花园弹琴，已经弹了两个时辰。皇上挑的那首曲子连许多琴师都弹不准音律，何况殿下才丁点儿大的年纪，怎么可能弹得完整？皇上说，弹不到他满意，就一直弹下去，殿下的几根手指都弹破了，皇上还是不肯放人，再这么下去，殿下那双手可就要废了。"

本不想多管闲事的凤九卿听到这里，渐渐变得不再淡定。

屁股肉多，挨几顿藤条最多痛一阵子，养几天也就好了，死不了人。

若是伤到手指的筋脉，事情可就麻烦了，影响一辈子都有可能。

凤九卿终是按捺不住，起身对宁儿说："去御花园。"

太子晕倒

御花园传来阵阵琴音，音律苍劲有力，动听悦耳，偶有几个音律出错，也不影响曲调的优美。

这首曲子名叫《兵临城下》，是早前一位大将军的杰作。

这位将军入伍之前，曾是某大户人家的公子，年幼时琴棋书画无一不精，堪称世间罕见的少年天才。

后来府中遭难，父母亲人一一离世，将军为报家仇参军入伍，一步步从小兵卒子爬上将军之位，为朝廷立下不少功劳。

《兵临城下》是将军在某场战役之前创作的曲子，曲风苍劲，鼓舞人心，在当时那个年代被称为佳作。

传于民间后，不少琴师争相效仿，却很少有人能弹出激昂之气。

轩辕容锦故意挑了这首曲子命尔桀弹奏，第一遍不满意就弹第二遍，第二遍不满意就弹第三遍。

弹了将近两个时辰，从最初的生疏到后来的熟练，对于一个只有六岁大的孩子来说已经非常不容易。

轩辕容锦偏要挑刺，以不达标准为由，吩咐尔桀继续弹。

父子二人斗法多日，容锦找到了不少乐趣。

此前，他一直知道儿子很争气，也知道尔桀在同龄孩子中颇有威望。

只不过那时父子二人聚少离多，每次见面的时间也就几刻钟，只有在

盛大场合才会坐在一起说上几句。

这次跟九卿闹别扭，故意把儿子绑在身边日日接触，才发现轩辕尔桀是一个很不简单的小孩。

小家伙聪明好学，面对困难从不气馁，挨打受罚的时候不多吭一声，连求饶都不喊，晚上痛得睡不好，便咬牙忍着，丝毫没有半点皇家子嗣的娇气。

这次弹琴也是如此，一遍遍不厌其烦地提升自己，手指破了也不皱眉，反而在追求完美的路上越走越远。

看到尔桀手指流血，容锦终是于心不忍，有一个太倔强的儿子也不是好事，该服软的时候不肯服软，该低头的时候不肯低头，这份傲骨值得欣赏，骄傲过头就不讨人喜欢了。

做人要学会能屈能伸，跟亲爹杠，除了自讨苦吃，还能得到什么？

轩辕容锦心里愤愤不平地想着，面上却流露出一片冷意，不知情的人，误以为皇上心狠，太子弹琴弹到手指流血，却无法达到皇上的要求，非得罚太子弹到他满意为止。

小福子在旁边心急如焚，斗胆想要劝上几句，又担心劝了之后情况会变得更加糟糕。

之前太子犯错受罚时，他多了几句嘴，求皇上手下留情，结果皇上非但没手软，反而比从前罚得更狠。

无休止地弹奏了两个时辰，努力让自己保持清醒的轩辕尔桀渐渐开始支撑不住，自从上次雨中罚跪，受些风寒，身体始终没好利索，一连数日生活在父皇的威压之下，挨打受罚几乎成了家常便饭，就算身体底子好，也禁不住这么折腾。

流血的双手猛地一顿，身体里的力量仿佛被瞬间掏空，眼前阵阵发黑，一股腥甜之气涌上喉间，小小的轩辕尔桀竟毫无预兆地吐了口鲜血。

凤九卿率人赶到御花园时，正好瞥见这一幕。

在儿子昏倒的一瞬间，凤九卿一个箭步，以迅雷不及掩耳的速度将儿子小小的身体揽入怀中。

事情发生得过于突然，轩辕容锦还没来得及做出反应，儿子已经落入凤九卿怀里。

他霍然起身，担忧地唤道："尔桀……"

凤九卿看他的眼神就像在看一个仇人，面色阴沉地撂下一句话："他若有三长两短，我必会让你后悔终生！"

轩辕尔桀这次病得比较严重，之前着凉还没彻底恢复，最近每天又起早贪黑忙个不停，劳累过度加之压力过大，病情便一发不可收拾。

高烧不退，御医们见状束手无策，凤九卿只能把七王请来给儿子看病。

看到侄儿被皇兄欺负得不成人形，轩辕赫玉登时怒了，也顾不得尊卑有别，狠狠把轩辕容锦数落了一顿。

"尔桀才多大，经得起这么折腾吗？皇兄，他可是你的亲儿子，就算你想教他成才，也不必用对待仇人的方式来对待自己的亲生骨肉吧？"

除了表面看得到的伤，最糟糕的还是退不掉的高烧，因为一直没有好好治疗，原本两服汤药灌下去就能解决的麻烦，演变到现在这种严重的程度，也难怪御医们不敢轻易给药。

尔桀年纪小，过猛的药量会给他身体带来伤害，药效不够，又起不到治疗效果，大家只能把希望寄托到医术高明的七王身上。

面对七弟的指责，轩辕容锦无言以对。

都怪他粗心大意，没注意到儿子身体早有异状，也怪轩辕尔桀这小孩倔强固执，身体不舒服竟一声不吭，交给他的功课认真完成，每天起早贪黑跟着他忙碌国事，但凡他娇气一点，情况也不会恶化到这种地步。

凤九卿心急如焚地问："小七，我知道你肯定有办法，不管用什么药，只要你把方子开出来，我这就命人前去搜集。"

轩辕赫玉往侄子嘴里塞了一片千年人参："先用参片吊着命，药材什么的我来想办法，皮外伤倒是无碍，难缠的是他高烧不退，用药方面必须谨慎，稍有差池，恐怕会烧坏脑袋。"

　　说到这里，他忍不住又对轩辕容锦发难："皇兄，你膝下可就尔桀这一滴血脉，万一他有三长两短，皇嫂的身体可没办法再生第二个孩子。你们夫妻吵归吵、闹归闹，关起门来这是你们自己的事，别牵连到无辜的孩子。尔桀这么小，就被你们当成斗气的附属品，没出事还好，出了事，我看你们找谁哭去。"

　　也只有轩辕赫玉才敢用这种不敬的态度指责皇帝，轩辕容锦默不作声，一来是因为理亏，二来觉得有点对不起儿子。

　　在宫里发了一通威，急着救侄儿的轩辕赫玉赶紧出宫找药去了。

　　留轩辕容锦和凤九卿四目相对，两人多日来互不理睬，主要是凤九卿不想搭理轩辕容锦，儿子这一病，她心中的怒火更加高涨。

　　理亏归理亏，轩辕容锦还是很好面子，嘴硬地强调："小七医术精湛，这种小病小灾对他而言没什么难度。"

　　凤九卿指着病床上奄奄一息的儿子，厉声质问："儿子被你害成这样，你居然说这只是小病小灾？"

　　在强大自尊心作祟下，轩辕容锦据理力争："皇族子嗣本就该比普通人家的孩子多遭些磨难，若因为他是朕唯一的儿子便时时呵护、处处小心，假以时日，免不得会养成他一身纨绔之气……"

　　凤九卿飞他一记白眼："在孩子教育问题上，你我二人的观点无法达到一致。你最好祈祷尔桀平安无恙，否则，我跟你没完。"

七王之策

在轩辕赫玉的精心医治之下，病榻上的轩辕尔桀渐渐恢复了往日的活力。

经过这次变故，轩辕容锦也没了刁难儿子的兴致，不但把他放回东宫，还取消了他每日的早朝，跟其他孩子一起去尚书房读书。

容锦以为这样做，九卿就会放下心结，搬回龙御宫与他重归于好。

结果并不如他所愿，凤九卿非但没有搬出凤鸾宫，反而还在凤鸾宫建了一个小花房，闲来无事时，在花房中养些花花草草，亲自施土上肥，日子过得好不清闲。

为了缓和关系，轩辕容锦曾下令去请皇后共用晚膳，被凤九卿以身体不适为由拒绝。

轩辕容锦贵为一国君主，被老婆下了面子，心里很是不舒服，又拉不下脸主动道歉，导致夫妻二人的关系越来越疏远。

帝后失和的消息不知被什么人传到外面，越传越夸张，越传越离谱，甚至还有人在私下非议，皇上冷落皇后、薄待太子，不久的将来，后宫之主可能要易位。

已经回到尚书房读书的轩辕尔桀也因为这些风言风语受到了影响，前几日他被皇上拎到身边亲自教导并日日受罚的事情传得尽人皆知。

以熊耀祖为首的一群小孩子，因为做事嚣张，不止一次遭受太子打

压，从前碍于他太子的身份不敢反抗，如今听说太子的地位即将不保，熊耀祖等人觉得他们终于迎来了翻身的机会，好几次在言语上对轩辕尔桀进行挑衅，摆明了不再把他放在眼中。

面对熊耀祖接二连三的羞辱，轩辕尔桀不予理会，跟在父皇身边这些日子，他学会了隐忍和退让。

与熊耀祖这种只长肉不长脑子的蠢货一般见识，只会辱没他太子的尊贵，言语上占上风不算本事，抓到熊耀祖的把柄让他永远翻不了身，才是出手反击的最佳策略。

轩辕尔桀的数次隐忍，非但没有让熊耀祖收敛，反而在无形中助长了他的气焰。

在熊耀祖看来，从前不可一世的太子在人前服软，等于承认他太子的地位即将不保，一个不受宠的太子，在这些贵胄子弟的眼中比蝼蚁还不如，那还不是想怎么欺负就怎么欺负？

贺连城看不过去，几次出面反击，努力维护太子的尊严，熊耀祖却并不把贺连城当回事，因为贺连城年纪太小，又长得瘦弱，在熊耀祖这些大一点的孩子眼中不具半点威胁性。

熊耀祖越来越嚣张，挑衅的尺度也愈加过分。

这天，夫子宣布课业结束，轩辕尔桀整理桌上的书本，熊耀祖与几个高个子小孩走过来时，看到桌案上放着一支做工精致的狼毫笔，抬手便拿，被轩辕尔桀一把按住。

"我不过是观摩观摩，太子何必这么小气？"

轩辕尔桀用力拍开熊耀祖的手："本太子的东西，也是你想看就看、想摸就摸的？"

这支紫狼毫是他娘亲手所制，于他而言意义非凡。

熊耀祖哈哈大笑："太子之威可真是霸气，就是不知道你这太子之名还能保留几日。皇上从前独宠中宫，你还能子凭母贵得他人尊重，如今你娘被冷落于凤鸾宫足不出户，人人都在传，不久的将来，皇上会另立新后，到那时，皇上必会废掉皇后、废黜太子，你和你娘早晚会被打

入冷宫。"

轩辕尔桀不怕别人侮辱自己，却受不得别人指摘母后，抬手便狠狠抽了熊耀祖一个耳光，怒骂："住嘴！我母后岂是你一个外臣之子可以折辱的？"

熊耀祖当众挨了打，愤愤不平地扑过来想要为自己讨公道。

轩辕尔桀岂能如他所愿？

他以最快的速度出手反击，在熊耀祖动手之前，一脚踹向他的肚子，力道之大，竟痛得熊耀祖吐了口鲜血。

事情已经恶化到这种地步，轩辕尔桀一不做，二不休，揪着熊耀祖的头发，左右开弓，一顿耳光伺候。

其余人不敢随便插手，只能眼睁睁看着熊耀祖挨打。

轩辕尔桀不动手则矣，一动手便是不死不休。

武力方面，熊耀祖居于下风，几巴掌抽下来，脸颊便肿得像个大馒头，口鼻流血，甚是凄惨。

尚书房再次发生斗殴事件，这次，闯了祸的轩辕尔桀不用父皇召见，主动来到父皇面前跪地请罪。

"半个时辰前，儿臣把熊耀祖打得鼻青脸肿，人已经被侍卫抬回了熊府，儿臣知道自己行事鲁莽，有损皇嗣威仪，特来向父皇请罪。"

看到儿子脸上也挂了彩，正在批折子的轩辕容锦很是无语，以他对尔桀的了解，这孩子不是随便欺负人的主儿，必是发生了什么变故，才无视皇子身份与人动手。

若是从前，轩辕容锦定要严厉斥责一顿，可自从尔桀上次发起高烧却险中求生，便舍不得再对他继续刁难。

"先退下吧，待朕忙完公事再收拾你。"

轩辕尔桀十分诧异，还以为又要遭受重罚，没想到父皇这么轻易就把他放了。

打发走儿子，轩辕容锦无心公务，叫来小福子询问情况。

小福子欲言又止，有什么话呼之欲出，却碍于后果不敢开口。

　　轩辕容锦察觉不对，厉声问："究竟发生了何事，给朕如实道来。"

　　小福子吓得跪倒在地，期期艾艾地说："太子与熊公子动手，起因是替皇后抱打不平。"

　　轩辕容锦越发迷惑："此事与皇后何干？"

　　小福子跪伏在地不敢吭声，见皇上又要发怒，连忙说："人人都在传，皇上不久之后要废掉皇后和太子，太子不在意自己受委屈，却容不得外人诋毁皇后，这才在震怒之下与熊公子动手，为的就是替皇后讨公道。"

　　轩辕容锦越听越不对劲，挑起了眉毛："朕何时说过要废掉皇后和太子了？"

　　小福子说："皇上是没说，但宫里人人都在这么传，还说得绘声绘色、有根有据。自打皇后搬进凤鸾宫，已多日不曾与皇上相见，不久前，皇上还以管教为名把太子叫到身边严加训责，短短数日，太子挨了好几次打。不知情的人都以为，皇上借训责太子之由给皇后施压，起因便是皇后以节省开支为由遣散宫中半数宫女，皇上嘴上不说，实际却对皇后的行为极为不满，认为皇后恃宠而骄、行事大胆，这才把皇后赶到凤鸾宫施以惩罚，就连太子也受皇后连累，同样被皇上所不喜，才有了之前发生的那些过往。"

　　轩辕容锦整个人都不好了，真相并非如此，为何在口口相传下，被扭曲成这个样子？

　　他怒不可遏地重拍桌案："简直一派胡言，荒谬至极。"

　　"皇上，真相如何并不重要，重要的是，皇后那边怎么想？太子那边又怎么想？自从太子重回尚书房，某些贵胄子弟误以为太子失宠，便骑到太子头上撒野，太子不想惹是生非，一忍再忍，不予计较。要不是熊公子的话触了太子的霉头，太子还指不定要在尚书房受多少委屈……也不知皇后那边该如何想。"

　　听到这里，轩辕容锦后背渗出了一层冷汗。

　　他从未想过，在不知情的情况下，流言蜚语会变得这么有攻击性。

随后，他把贺明睿召进宫，问他是否听过这样的流言，贺明睿不敢隐瞒，将近日听到的各种八卦一一道出。

皇上与皇后失和的消息在短短数日内被传得京城上下尽人皆知，各种版本不计其数，小道消息满天飞，更夸张的说法是，皇上厌倦后宫只有凤九卿一个女主人，想要另纳妃子，皇后不准，帝后二人为此发生口角，皇上在一怒之下打了皇后，皇后重伤，奄奄一息，太子替母后求情，也遭了皇上的责打。

轩辕容锦听得心惊肉跳，无论何时，凤九卿都是他心尖上的人，别说把她打得奄奄一息，就是碰掉她一根头发都于心不忍。

究竟什么人如此有才，编出这么不靠谱的八卦？

贺明睿提醒轩辕容锦："皇后在宫中的耳目并不比皇上少，这些传言想必她早有耳闻，直到现在还未出面与皇上理论，说不定她将这些传言当了真。万一皇后心灰意冷，届时带太子一走了之，恐怕皇上会得不偿失。"

言下之意，冷战什么的您赶紧停止，别为了尊严和面子真把皇后气走了。

轩辕容锦终于意识到了局势的不对，匆匆忙忙来到凤鸾宫。

一进门，轩辕容锦就见凤九卿身穿一套出行的便装。珠钗首饰被她卸得七七八八，素衣素颜，粉黛未施，如此清秀可人的模样，倒勾起轩辕容锦对往昔的诸多怀念。

记得两人初遇那会儿，九卿也如现在这般美得惑人心魄，那个时候的他还是涉世未深的懵懂少年，没想到一眨眼，两人的儿子都已经大到可以随他去议政殿处理朝政了。

不，这不是重点，重点是，凤九卿正吩咐众宫女打包行李，俨然一副准备外出的架势。

轩辕容锦顿时急了，怒问："九卿，你在做什么？"

宫女们看到皇上来了，纷纷下跪请安。

凤九卿将整理好的包裹打了一个活结，抬手示意宫女们先行退下，直

到殿内只剩下夫妻二人。

她对轩辕容锦说："该带的东西已经装好了，不多不少两个包裹，都是路上用得到的，稍后我会派人去东宫那边通知尔桀，明天一早我们就走。"

轩辕容锦的声音都变调了，怒不可遏地问："走？你要带朕的儿子去哪里？"

情急之下，他双手攥住凤九卿的肩膀，力道之大，疼得凤九卿直皱眉头。

轩辕容锦控制不住自己的脾气，急切地质问："尔桀的身体早已无碍，你还揪着之前的事跟朕闹脾气，甚至要带着尔桀离宫出走，凤九卿，你以为皇宫是什么地方？岂容你说来就来，说走就走？"

凤九卿被他吼得莫名其妙，拍开他的手，不解地问："好端端的，你又闹什么？"

"区区几句流言蜚语，你就沉不住气，用离宫出走来威胁朕。你儿子已经六岁了，可你的处事方式还像小孩子一样不可理喻。"

莫名挨了一顿训的凤九卿气坏了："什么流言蜚语？什么离宫出走？明天是我娘的忌日，每年这个日子，我都要带尔桀去法华寺烧香祈福，我娘是尔桀的亲外祖母，作为晚辈，给外祖母烧一炷香，磕几个头，还磕出罪过来了？"

这次轮到轩辕容锦傻眼了，去法华寺上香？仔细一算，最近可不就是九卿她娘的忌日……

自从凤大人辞官归隐，每年去法华寺给岳母大人烧香祈福的事情就落到了九卿的头上。

都怪两人最近陷入冷战，容锦满脑子想的都是儿女情长，倒把这重要的日子忘了。

他心中生愧，说话也变得小心翼翼："你……不是要带着尔桀离开朕？"

凤九卿连白眼都懒得翻了："我日子过得好好的，为什么要带着尔桀

离开你？"

"朕以为你还在生朕的气……"

凤九卿哼笑一声："我十二岁那年就跟你这个祸害结下宿世之缘，被你气到想吐血的次数数不胜数，这么多年我都忍了，怎么可能为了这点矛盾便带着儿子离宫出走？"

冷静这么久，凤九卿心里的那点怨气早已随着时间的流逝不复存在。

也怪她当初不够淡定，受不得容锦责罚儿子，事后她慢慢想清楚了，容锦教训儿子的初衷是希望儿子尽快成才，只要把持有度，她这个当娘的实在不该指手画脚。

之所以留在凤鸾宫迟迟不肯与他见面，是因为她真的很享受这种片刻的安宁。

她觉得就算是夫妻，也不能时时刻刻黏在一起，偶尔给彼此几天自由，就当出门度假了。

她心里盘算着去法华寺烧完香就搬回龙御宫，日子该怎么过还怎么过，没必要计较那么多。

意识到闹了一个大乌龙，轩辕容锦又羞又愧，这才把前因后果说了一遍，都是外面那些传言惹的祸，才酿成这样一个误会。

为了证明传言有误，容锦顾不得尊严和面子，对凤九卿说了不少心里话，虽然他贵为皇帝，权倾天下，在感情方面始终没有安全感，总担心凤九卿离开他，一边用幼稚的方式来试探她，一边不择手段地把她禁锢在身边。

多年过去，他对她的感情越来越炽烈，甚至把她视为身体的一部分，穷尽一生也难以割舍。

轩辕容锦放低姿态表明心迹，凤九卿也落落大方地承认他如今在她心中的位置无人撼动，一个男人这么不顾一切地爱着自己，除非她没长心，才会弃如敝屣。

经此一事，化开矛盾的夫妻二人重修于好，凤九卿也在轩辕容锦的恳求之下连夜搬回了龙御宫。

用晚膳时，凤九卿忽然问了一个问题："容锦，你有没有觉得这件事情很奇怪？"

"什么事？"

"关于帝后失和的传言。"

正举杯畅饮的轩辕容锦动作一顿，等着凤九卿的下文。

凤九卿夹了三粒花生米，整齐有序地摆在容锦面前，说道："这三粒花生米，代表我们一家三口，其余的酒菜，代表皇宫里其他的人。你看啊，除了你、我、尔桀之外，所有人都怀疑你要另立新后，另选储君。小福子和宁儿是你我身边最重要的亲信，这种谣言，他们多多少少会听到一些，却从未说给你我知道，你不觉得这很反常吗？"

经凤九卿一解释，容锦也意识到了事情蹊跷，便把小福子和宁儿叫到面前审问。

这一审，果然审出了问题。

小福子和宁儿见事情败露，只能供出罪魁祸首，对外放出谣言的，正是七王轩辕赫玉。

当容锦命人去七王府把七王召进宫问责时，七王府的管家告知，七王于三天前，带着七王妃和小郡主外出游玩了。

传话的人带回一封信，是七王亲笔所写。

容锦和九卿展信一看，被里面的内容气到了。

七王说，他见不得兄嫂二人为鸡毛蒜皮的小事闹矛盾，便故意制造了一场是非，买通小福子和宁儿陪他演这场戏，无论如何也要把闹别扭的皇上和皇后撮合到和好如初。

最直接有效的办法就是让皇兄产生危机感，主动去凤鸾宫找皇嫂认错。

至于谣言的内容，都是七王自己编的，为了增加谣言的效果，他编了十几个版本，并为此花费了不少银子。

得知事情始末，轩辕容锦又气又笑，气七王的一意孤行，同时感激七王的用心良苦。

　　经过这次事件，轩辕容锦和凤九卿之间的感情在无形之中又增进了一步，夫妻二人越来越珍惜彼此，谣言不攻自破，无形中不知又伤了多少恨嫁姑娘的心。

第一百一十三章　贺生辰邻国来访

城内风波

凤九卿生辰将近，为了给爱妻庆生，轩辕容锦下旨昭告天下，广邀宾朋，在皇宫开设宴席。

受到邀请的，除了夫妻二人的至亲好友及朝廷重臣，表面上与黑阙交好的几个邻国国主也接到请帖，从四面八方赶来参加皇后寿宴。

令人惋惜的是，远在太华山的凤莫千和溜回封地的骆逍遥派人回信，各自手中都有要紧的事情，无法抽身来京城赴宴。

这番说辞，是凤莫千惯爱使用的借口，凤九卿明知道自家老爹最不耐烦参与这种场合，每年朝廷有大事小情，还是会写信派人去告知爹爹，来与不来全凭他自己选择。

除了丈夫和儿子，凤莫千是凤九卿世上仅有的亲人，自从当年储位之争，凤莫千及时避开是非圈，与师父玄乐道长归隐太华山修习道法，渐渐对尘世浮华心生倦意，凤九卿对此也不勉强，只要父亲身体康健，日子过得开心喜乐，做女儿的便再无所求。

朝中许多同僚都在私下里说凤莫千愚不可及，女儿贵为黑阙皇后，放着这么好的资源不加利用，反而放弃荣华富贵，跑去深山老林孤独终老，真真把一手好牌打个稀巴烂。

只有凤九卿知道，她爹这是明智之举，留在京城身居高位，烦恼只会越来越多。

正所谓高处不胜寒，只有沾染烟火才有生气，可惜大多数人都悟不出这个道理。

令人遗憾的是，这样的场合少了骆逍遥的加入着实可惜，他性子跳脱，爱凑热闹，无法在凤九卿生辰时赶来京城，说明手中真的有紧急的事情等着他办。

夜里，忙完公务的夫妻俩边吃夜宵边聊闲话，凤九卿扫了一眼访客名单，被上面罗列的几个名字所吸引。

"庆国和花齐国素来与黑阙少有来往，名单上怎么会出现这两国国主的名字？"

轩辕容锦正要倒酒，被凤九卿一手拦住："明日有大朝会，需比往时早起一个时辰，贪杯误事，别再喝了。"

轩辕容锦勾唇一笑，将提起的酒杯放回原处："好，你说不喝，朕就不喝。"

他随后又解释："庆国与花齐国被朕列入邀请名单，原因有二。其一，近几年天下太平，无战事之忧，正是发展外交的最佳时机。黑阙作为诸国霸主，适当地给周边邻国一些小恩小惠，他们必会感激涕零，在虎视眈眈的北漠发起反击时，选择站到我们黑阙的阵营。其二，庆国注重兵器锻造，花齐国女皇当政，以培育果蔬闻名于世，若黑阙与这两国保持长期交好，会给朝廷的军事、民生带来深远影响。"

凤九卿对这番见解表示赞同，黑阙虽然国土昌盛，军事和民生方面的发展却裹足不前。

还是容锦想得长远，促进外交，引进技术，无形中给老百姓创造了不少福利。

除了几个有代表性的国主之外，凤九卿还在名单中看到一个特殊的名字——轩辕吉星。

这名字取得颇有喜感，吉星，难道是吉星高照的意思吗？

她好奇地向轩辕容锦讨教："这个轩辕吉星是什么来历？之前从未听说过这个名字。"

轩辕容锦笑着为她解了疑惑："凛王轩辕继可曾听过？"

凤九卿沉思片刻，试探地问："远居平阳的那位凛王？"

"按辈分算，朕该唤凛王一声堂叔，他是父皇的堂弟，为人忠厚，不争不抢。父皇在位时顾念手足亲情，赐他凛王之名，并将平阳作为封地赐予他。轩辕吉星是凛王膝下唯一的儿子，年纪比朕虚长一些，出生后体弱多病，幼时与汤药为伴，一把年纪还未娶妻，是皇族中的异类。你没听过他的名字也不奇怪，这位凛王世子深居简出，极少在正式场合公然露面，这次朕将他列入宾客名单请至京城，也想借此机会让他与同族亲眷多些来往。"

凤九卿瞬时明白了容锦的想法，如今皇族人丁凋落，与容锦有血缘关系的兄弟只剩下轩辕赫玉一个。

其余族人要么远居各地，要么死于当年那场储位之战，每个皇帝都想给自己留下一个好名声，轩辕容锦自然也有这方面的考虑。

他在帝王的宝座上稳坐数年，羽翼已丰，无人撼动，便想着拉拢族亲来树立威望。

对此，凤九卿乐见其成："与手足亲戚多有来往，日后也能平添不少乐趣。这位凛王世子不是多年未娶吗？等他来到京城，咱们可以帮他物色合适的女子，早日成家，生下麟儿，说不定可以帮尔桀培养出一大助力。"

轩辕容锦笑而不语，心里却在想，凛王世子究竟值不值得他拉拢信任，还要等试探之后才有分晓。

京城望江楼，一品相爷贺明睿与七王轩辕赫玉在酒楼最好的一处位置对坐畅饮。

贺明睿笑问轩辕赫玉："在我府上躲了半月有余，打算什么时候带着妻女回你的七王府去？"

轩辕赫玉玩世不恭地往嘴里丢了一粒花生米，边嚼边反调侃："你这人可真是小气，本王不过在你府上叨扰几日，能吃你几粒米，喝你几顿

酒？值当这么急着把本王一家三口从你府上赶走吗？"

说着，隔着窗子指向楼下："你看，你家那小子跟本王的闺女玩得多开心。自从灵儿住进丞相府，你儿子每顿都能多吃两碗饭，这可都是本王的功劳。"

只见楼下的街道人来客往，分别被自家爹爹带到望江楼吃午膳的贺连城与青梅竹马轩辕灵儿，在吃饱喝足后，手拉着手溜到楼下的小泥人摊子上，缠着摊主捏泥人。

小灵儿很喜欢样子可爱的泥人娃娃，摊主每捏好一个，她便开心得直拍手，银铃般的笑声几乎传至整条街道。

灵儿笑，喜欢跟她玩的贺连城也跟着一起傻笑，眼中盈满宠溺，那种喜爱之情代表着啥，两个当爹的都心知肚明。

从孩子身上收回目光，贺明睿无奈说道："七王何必拿我寻开心，若绫有王妃陪着，连城有灵儿陪着，于我来说求之不得。眼下的问题是，被皇上知道你闯下大祸后带着妻小躲进丞相府，没准会治我一个包藏逃犯之罪。"

轩辕赫玉没好气地反驳："本王行得直、走得正，到你嘴里怎么就成逃犯了？"

贺明睿笑："你背后编派皇上是非，制造谣言。就在几日前，皇上不知从哪里又听来一个过气的谣言版本，说太子不是皇上的亲生骨肉，所以皇上才以亲自管教为名把太子拎到身边日日苛责。这则谣言把皇上气得大发雷霆，命人四处打探你的下落，瞧那架势，要找散播谣言的始作俑者好好算算旧账了。"

轩辕赫玉连忙辩解："太子不是皇上亲生骨肉这个谣言可不是我传出去的，什么玩笑都能开，唯独这种有悖纲常的玩笑开不得。我皇兄是什么脾气你还不了解？万一他较真认死理，我不是没事找事，自讨苦吃吗？再说了，此事涉及九卿名誉，我可以不把皇兄的喜怒放在眼中，却不能不考虑九卿的立场。定是以讹传讹的那些人口无遮拦、胡说八道，才传得如此离谱。"

贺明睿无奈点头："我也觉得你编不出这么恶俗的谣言。"

轩辕赫玉忽然问："皇兄皇嫂不是已经和好如初了吗，这事儿怎么还没翻过去？"

贺明睿哼了一声："你还好意思问？当初设计这个损招的时候怎么没想想，随意捏造皇上的八卦，究竟能否担得起酿成的后果？"

轩辕赫玉无力呻吟："既如此，本王明日就带着红绡和灵儿离开京城，寻个安全的地方躲上几年，等皇兄气消了再回王府。"

贺明睿阻止："现在走，不是在打皇上的脸吗？几日后是皇后生辰，你是皇上的嫡亲弟弟，必须拖家带口正式出席。如若不然，必会有不知情的人以为皇上与七王之间生了嫌隙，到时免不得又有为非作歹的人利用此事大做文章。人性这东西，谁能说得明白呢？"

贺明睿的担忧并不为过，总有多事之人见不得别人好，非要兴风作浪、搬弄是非，站在所谓大仁大义的高度对别人进行道德绑架。

被贺明睿一劝，轩辕赫玉歇了离京的心思，准备寻合适的时机向皇兄赔罪。

只要态度诚恳一点，皇兄应该不会为难于他，何况还有皇嫂这个强有力的后盾给他做依靠呢。

想到这里，轩辕赫玉举起酒杯对贺明睿说："感谢贺兄多日款待，喝完这顿酒，本王就带妻女回府，明日进宫向皇兄道歉。"

贺明睿很给面子地举起酒杯与他碰了一下："你我的交情不必说谢，待此间事了，随时欢迎你拖家带口来我这儿小住。"

两人正把酒言欢时，楼下传来一阵骚乱，循声望去，才发现在外面玩耍的连城与灵儿遇到了麻烦。

一行车马不知何时途经望江楼，为首的少年十岁左右的年纪，身穿锦衣，脚踩长靴，腰间挂着一块价值不菲的翠绿玉佩，虽然样貌生得普通，排场气势却十分强大。

他骑着一匹枣红大马，因奔跑的速度太快，经过泥人摊时吓到了在摊边玩耍的轩辕灵儿。

失手之下，摊主给她捏好的两个泥人娃娃掉在地上摔了个四分五裂，灵儿痛失泥人娃娃，"哇"的一声哭了出来。

贺连城安抚失败，拦住那闯祸的少年与他理论，与少年相比，连城比他小了三四岁，瘦小的身材，稚童的面孔，在少年面前不具备半点杀伤力。

年纪小小的贺连城输人不输阵，一手指向马上的少年，厉声斥道："给我下来，向灵儿赔礼道歉！"

那少年坐于马上，居高临下地看着贺连城，神色傲慢，睥睨众人，分明没把贺连城和轩辕灵儿放在眼中。

"本太子何错之有？凭什么给一个小丫头片子赔礼道歉？"

故意道出太子的身份，就是要告诉围观的老百姓，他来历非凡，地位尊贵，识相的最好滚远一点。

贺连城才不怕他，怒冲冲说道："我管你是什么狗屁太子，骑马撞人，必须道歉。你脚下踩的是黑阙国土，京城各大主街有明文规定，不许骑快马行于人多的街道，以免伤及无辜百姓。"

少年不但对贺连城的指责无动于衷，还出言讥讽："真是矫情，不过是剐蹭一下，又没受伤，你们黑阙的小孩对待远道而来的客人都是这般无礼？我父皇贵为庆国皇帝，此次受邀来黑阙参加皇后寿宴，若你继续对本太子大呼小叫，本太子便将你的罪行呈禀贵国天子。"

贺连城回以冷笑："原来是庆国太子，敢问庆国皇室都像你这般蛮横无理吗？就算你是远道而来的客人，在别人的地界上，也当遵守当地律法，才不失一国太子的风度。"

"哟，这小孩儿年纪不大，口才却十分了得。"

这时，一辆华丽的马车在众人面前停了下来，马车外面仅围着一层薄薄的纱幔，里面坐着三个人，一男两女。

男的四十岁出头，身材魁梧，长相粗犷，与坐在枣红马上的那个少年倒有七八分相似。从穿着打扮不难判断，这个中年男人十之八九就是远道而来的庆国皇帝。

坐在皇帝左边的是一位三十岁出头的女子，虽然谈不上是绝世美女，但雍容的气质、还算顺眼的五官使她整个人看上去恬静柔美，给人一种舒服的感觉。

坐在皇帝右边的女子略年轻一些，二十六七岁，身穿桃粉色华丽衣裙，眉间画着一朵艳红色的花钿，样貌娇媚，腰肢不盈一握。

此时，她像软蛇一样偎依在庆国皇帝胸前，肆无忌惮地向众人展示她与庆国皇帝之间的关系。

就算不知情的人也能一眼看出，坐在皇帝身边的这两个女人，在庆国的后宫地位都不一般。

开口调侃贺连城的，便是眉间画有花钿的女子。

她掀开纱帘，对贺连城说道："小孩儿，你爹娘有没有教过你，在地位尊贵的人面前要学会卑躬屈膝？如此无礼，就算口才再好，也只会显得你没有家教。"

庆国太子连忙附和："母妃说得极是。"

原来这娇艳女子与庆国太子居然是母子。

哭得满脸泪痕的轩辕灵儿这时跑过来，嘟着粉唇，瞪着两只水汪汪的大眼睛，像老母鸡保护小鸡一样把贺连城挡在自己身后，扯着娇嫩的嗓子对车里的女人说道："不许你说连城哥哥没有家教。"

她一手指向庆国太子，怒道："没有家教的是他，摔坏了我的泥娃娃，他才是坏人。"

被一个小姑娘当众下了面子，娇艳女子竖起柳眉，隔着车窗斥责："这又是从哪里冒出来的野孩子，脏兮兮的，一看就是有娘生没娘管。"

轩辕灵儿双手叉腰，扬着脖子回骂："你才脏兮兮的，你不仅脏，浑身上下还臭臭的，比屎坑里的屎还要臭。"

娇艳女子闻言大怒，正要发脾气，被马车中的另一个女子一把拦住。

"蒋贵妃，咱们现在在黑阙的地界，你身为庆国贵妃，却与一个小姑娘大吵大闹，说出去未免难看。也请皇上管管蒋贵妃，别让她在别人的地方丢了我们庆国的脸。"

庆国皇帝表示认同，对身边的女子劝道："谨慎些。"

京城乃天子脚下，遍布着皇亲贵胄，就算他是庆国皇帝，来到黑阙的京城，也不敢太过造次。

蒋贵妃不依不饶地挽住庆国皇帝的手臂，娇声娇气地告状："皇上，臣妾生来便体带异香，您心里可是比谁都清楚，眼下却被一个没眼力见儿的臭丫头折辱，这口气臣妾无论如何咽不下去。"

"咽得下又如何，咽不下又如何？"

在楼上看了许久的轩辕赫玉容不得任何人欺负他的宝贝女儿，与贺连城双双走出望江楼，语带挑衅地对那庆国蒋贵妃说道："难不成这位远道而来的贵妃娘娘还想在我黑阙当街杀人不成？"

轩辕灵儿扑过来，抱住轩辕赫玉的大腿，脆声声地喊了一声"爹"。

蒋贵妃闻言，嗤笑一声："原来是父女。真应了那句话，有其父必有其女，女儿这么刁钻泼辣，可都是当爹的功劳。"

轩辕赫玉反唇相讥："闺女自小养得野一些，日后到了夫家才不会受欺负。这儿子要是养废了，恐怕今后再无出头之日，俗话说，慈母多败儿。"

原本小孩子之间吵吵嚷嚷，轩辕赫玉一个大人不该多管闲事。

既然庆国太子这个不讲理的母妃跳出来扭曲事实，他必须站出来给女儿撑腰——你们家儿子地位尊贵，我们家女儿的地位也不差分毫。

与黑阙相比，庆国不过是附属小国，即便庆国皇帝就在眼前，身为黑阙千岁爷的轩辕赫玉也有足够的底气与之对抗，这就是霸主国的优势所在。

任何人都接受不了别人看轻自己的儿子，何况蒋贵妃生的儿子还被立为了太子。堂堂太子被指责将来无出头之日，做娘的如何忍得？她当即便对轩辕赫玉破口大骂："我瞧你女儿小小年纪便不懂礼数，日后必难寻到合适的婆家。"

敢诅咒他的宝贝女儿？轩辕赫玉可受不得这样的窝囊气，登时就要反击回去，被贺明睿一把拉住，在他耳边低声警告："收敛一下，毕竟是庆

国皇族，闹得太难看，恐怕皇上那边不好交代。"

正打算发难的轩辕赫玉眼珠一转，露出一个邪气的笑容："你说得对，这个节骨眼，不该随便惹是生非。"

他随后对马车中的众人说道："既然远来是客，今天的事，就当是一场误会。灵儿，连城，别玩了，回楼上吃饭。"说着，一手一个，把两个孩子拉上了楼。

贺明睿颇感诧异，追上来问："七王，你什么时候变得这么好说话了？"

轩辕赫玉笑得很坏："本王好说话？那可真是滑天下之大稽。"

贺明睿打了个寒战，脑海中有个声音在提醒他，这七王定是暗中憋坏，准备给对手一记重击呢。

皇家盛宴

黑阙皇后凤九卿生辰这天，接到请帖的客人被邀进皇宫参加寿宴。

与其他宾客相比，庆国皇帝赵景明出场时迎来了众人的集体围观。

走在他左边的是庆国皇后楚红雪，走在他右边的是庆国贵妃蒋花若，身后跟着庆国太子赵天赐。

但凡有点常识的人都知道，正妻以外的女子没有资格出席这种隆重的场合。

如果黑阙只是名不见经传的弱势小国也就算了，人人都知道黑阙军事发达、国力昌盛，是数一数二的一方霸主。与黑阙相比，庆国除了在兵器锻造方面略有成就，其余不占任何优势。这庆国皇帝无视名誉，无视国体，明目张胆地带着"一妻一妾"来他国参加寿宴，也不知有什么盘算。

其实众人想多了，赵景明的脑子里没有那么多弯弯绕绕，皇后楚红雪是他的结发妻子，两人青梅竹马，少年夫妻，同甘共苦十数载，初遇时美好的爱情随着时光的流逝早已转变为亲情。

而贵妃蒋花若是赵景明心中的至爱，他无法给她皇后的尊荣，只能用其他方式来弥补，接到黑阙皇帝的请帖时，为了以示公平，便把"生命中两个最重要的女人"一并带来了。

轩辕赫玉携妻带女出现时，引得赵景明"一家四口"高度关注。

见周围的权贵客客气气地迎上前打招呼，赵景明才得知，前日在街头

与爱妃有过口角之争的贵公子，居然就是大名鼎鼎的七王殿下。

远在庆国时他便对此人有所耳闻，听说荣祯帝这唯一的弟弟医术高明，深受宠爱，在黑阙皇廷的地位几乎无人超越。且此人性格乖张、我行我素，从不把皇权律法放在眼中，做事全凭自己喜好。

难怪那日在街上相遇，他们一行人已经自报家门，七王非但不收敛，反而出言讥讽，丝毫没把他这位庆国君主当一回事。

赵景明装作若无其事地主动跟轩辕赫玉打招呼："原来那日在街头遇见的竟是七王殿下，失敬失敬。"

轩辕赫玉早就在人群中看到了庆国皇帝的身影，还有他身边矫揉造作的蒋贵妃。

与那日的嚣张跋扈相比，蒋贵妃神情恍恍，脸色苍白，虽然化着浓妆，仍掩饰不去一脸病态。

轩辕赫玉起了几分调侃的兴致，面带笑容地迎过来拱了拱手："真巧啊，居然又见面了。上次在望江楼门前，是小女不懂事，只顾着在路边玩泥娃娃，没注意到贵国太子骑着快马横冲直撞。小女因娃娃被撞飞而当众大哭，既有失郡主风度，也间接让周围老百姓指责贵国太子不懂礼数，委实是小女有错在先。还请诸位宽宏大量，切莫与一个小姑娘一般见识。"

轩辕赫玉难得对人这么客气，乍一听没什么毛病，仔细琢磨，就算笨蛋也能听出他在故意讥讽。

赵景明总算领教了这位爷的厉害，果然如传闻那般不好招惹。

楚红雪忍笑不语，蒋花若却咽不下这口气，瞪着喷火的双眸质问："这便是你们黑阙的待客之道？"

轩辕赫玉嗤笑一声："名不正，言不顺，有什么资格称自己是客？"

蒋花若愤而指责："你说谁名不正言不顺？"

旁边一位看热闹的宾客好心提醒："七王殿下的意思是，只有帝后才有资格出席今日的寿宴，贵国皇帝把一个妾带在身边，这于理不合。"

开口的女子是花齐国女皇万飘飘，花齐国女权至上，身为女皇，最见不得男人三妻四妾，因此说话的语气难免流露出讥讽与刻薄。

　　不懂规则的赵景明这才明白，为何他带妻妾出现时，会引得旁人议论纷纷。他忙不迭地解释："七王有所不知，犬子自幼没离开过母亲，此次远道而来，担心他途中不适，这才将犬子生母一并带来。"

　　不解释还好，这一解释，众人看庆国太子的眼神瞬时变了。

　　轩辕赫玉快言快语地说出了众人的心声："本王瞧太子殿下一把年纪，这个岁数，还需要亲娘在身边喂奶伺候？"

　　隐于人群中的贺明睿差点笑喷，这小七一旦瞧谁不顺眼，就管不住毒舌的毛病，非得损上几句才肯罢休。

　　蒋花若人前出丑，气得正要反击几句，被赵景明一把拉住，用眼神示意她不要惹是生非。这里是黑阙皇宫，一言一行都有人盯着，万一得罪了人，可不好收场。

　　将满腔不忿的蒋花若按回去，赵景明笑着打圆场："七王真爱开玩笑，犬子只比令爱虚长几岁，还是个不懂事的小孩子。那日回去后我还与贱内说，黑阙人杰地灵，养出来的孩子个个聪明伶俐，尤其是小郡主玉雪可爱，只比我家赐儿小了几岁。两个孩子千里相逢，皆是缘分牵引，待他二人再长大些，倒可以结亲来促进黑阙与我庆国的友谊。"

　　未等轩辕赫玉做出反应，全程把小灵儿当成眼珠子来稀罕的贺连城迈着小短腿走过来，一把拉住灵儿的手，霸气地说："灵儿，走，连城哥哥带你去那边玩。"临走前，他还狠狠瞪了赵景明一眼，仿佛在警告他，最好别打他家灵儿的主意。

　　看着两个小家伙手拉着手走远了，赵景明才意识到自己多事了。

　　他大笑两声掩饰了尴尬，急急忙忙转移话题："素闻七王医术高明，现有一个难言之隐想要请教，自那日在街头打过交道，回到驿馆后贵妃便身体不适，始终不见好转。不知七王可有良方秘药，以缓贵妃病痛之急？"

　　听到这番话的贺明睿还有什么不明白的？庆国这位贵妃娘娘落到这步田地，十之八九是遭了小七的报复。

　　轩辕赫玉最擅长研制乱七八糟的毒药，折腾人却不致命，朝中不少得

罪过他的大臣都遭受过无妄之灾，偏偏他给人下药的手段让人防不胜防，久而久之，就算旁人对他心生不满，也只敢暗暗憋在心里。

本以为轩辕赫玉不会理睬，没想到他一反常态，细细看了一眼蒋花若，随后问道："你这两日是不是腹痛难忍，想拉又拉不出来，吃东西又没有胃口？"

赵景明连忙点头："没错，正是如此。"

轩辕赫玉故作沉吟："从气色来看，应该是误食了有克制性的东西中了毒。"

蒋花若惊呼："中毒？可有解药？"

轩辕赫玉笑了笑："只要是毒，皆有解药。"

蒋花若不客气地伸出手："快拿来给我。"

轩辕赫玉睨了她一眼："贵妃真爱说笑，今儿是本王皇嫂的生辰，本王进宫参加寿宴，怎么可能会把药箱带在身边。另外，就算本王有解药，也得根据你的身体情况来医治。是药三分毒，即便是解药，也自带毒性。如果你平时吃的、喝的、用的里面掺杂了与解药相克的东西，非但达不到治疗效果，反而会让病情加重，那可就得不偿失了。"

赵景明对药材一知半解，随口问道："解药还有这么多讲究呢？"

"那可不？"

轩辕赫玉认真说道："本王药箱里有一瓶无忧丸，只需一粒，便可解百种奇毒。寻常中毒之人倒无须担忧，若食用过蛇藤缠、断肠草、百世香的患者，本王不建议服用此解药，否则只会毒上加毒，搞不好还会当场毙命。"

蒋贵妃的脸色顿时变了，揪了揪赵景明的衣襟，低声说："皇上，等宴会结束，请宫中的御医给臣妾看一看吧。"

赵景明没察觉这话有什么问题，轩辕赫玉和一直没作声的楚红雪都从蒋贵妃脸上看出了异色。

就在众人闲聊时，太监通传，皇上皇后的圣驾到了。

正主终于亲临现场，宾客们肃然起敬，这些宾客中有好多人第一次有

幸得见黑阙帝后的真容。

这其中就包括庆国皇帝赵景明，以及被赵景明视为至爱的蒋花若。

没人知道，当黑阙皇帝挽着心爱妻子的手闯进众人视线时，蒋花若心里有多难受。

同样都是深得皇上宠爱的女子，为什么她与凤九卿之间的差距如此之大？

凤九卿的皇帝夫君权倾天下、年轻俊美，自册立中宫，便独宠凤九卿，从未变心。

而她蒋花若虽然被封为庆国贵妃，上有皇后楚红雪压她一头，后宫还有一群年轻貌美的嫔妃与她瓜分皇帝的宠爱，两相对比，失落感萦绕于心头，久久不散。

世人皆颜控，蒋花若也是如此。

同样都是做皇帝的，轩辕容锦那张被上天垂怜过的俊美面孔简直甩了赵景明十条街。

再瞧黑阙那位小太子，承袭了父母的所有优点，长大后必会成为人中龙凤。

人哪，最怕被比较，一旦比较，优劣胜负便立时显现。

从蒋花若身边经过时，轩辕容锦闻到了一股香甜的气味。

这味道很是奇特，闻久了，会让人不自觉上瘾，身体也会在不受控制的情况下发生变化。

他与凤九卿自幼习武，习武之人对味道、声音尤其敏感，显然，凤九卿也从蒋花若身上闻到了香味。

夫妻二人彼此对望，仿佛在一夕之间明白了什么。

轩辕容锦颇有深意地看了一眼蒋花若，便拉着凤九卿的手坐上了主人的位置。

那一眼，让蒋花若芳心狂跳，她心中暗想，黑阙这位年轻帝王的眼神是在向她暗示着什么？

趁众人向黑阙帝后行礼时，蒋花若的脑海中上演了一场大戏，黑阙皇

帝按捺不住对她的喜爱，趁某个月黑风高夜与她偷偷私会，为了将她据为己有，他发动兵变，扫平庆国，诛杀国君，将她这个庆国宠妃纳入他的黑阙后宫。凤九卿心怀不满与夫君对抗，被一心恋慕她蒋花若的黑阙帝王所厌弃，最终被打入冷宫含恨而死。为了将她立为黑阙的新皇后，不惜与臣民对抗，上演了一场生死虐恋……

直到轩辕容锦请大家就座，蒋花若才恍然意识到脑海中所思所想不过是一场白日梦。

随后，远道而来的宾客们开始一一自报家门并送上寿礼。

除了往日与黑阙交好的几国，庆国皇帝赵景明、花齐国女皇万飘飘对轩辕容锦和凤九卿来说都是新客。

花齐国女皇万飘飘带来了一对龙凤胎小姐弟，姐姐万金金被当作继承人培养，言行举止比弟弟万银银成熟懂事，颇有未来女皇的风范。

听说花齐国皇族给孩子起名惯用叠字，所以这对双胞胎小姐弟的名字才显得这么俗气。

名字虽俗气，两个小孩子长得可不俗气。

为了表示对黑阙的诚意，万飘飘将花齐国国师培育出来的新品种果蔬作为寿礼送给了凤九卿。

好多水果和青菜，凤九卿连见都没见过，吃起来也是十分美味，香甜可口。

在这种场合，凤九卿见到了传闻中的凛王世子轩辕吉星。

她一直以为年纪比容锦大的轩辕吉星应该是一个满脸络腮胡子的中年男子，见到真容时才发现，轩辕吉星长了一张娃娃脸，明明已是而立之年，看上去就像二十岁出头。

看着年轻，却是一副病态，被轩辕容锦当众问及病情时，轩辕吉星落落大方地承认他这病是从娘胎里就有的，小时候体质就弱，要不是身份贵重，自幼好汤好水好药吊着，恐怕没机会活到这把年纪。

虽然身体病病歪歪，轩辕吉星的脾气却温和有礼，尤其讨小孩子们的喜欢。

他生了一双巧手，在府中无事时便雕刻木艺，做出许多栩栩如生的小玩具，送给孩子们当见面礼。

就连见惯大世面的尔桀得到轩辕吉星赠送的礼物时，都爱不释手地来回把玩，显然对远房堂叔送给自己的这个小玩具非常满意。

轩辕吉星送给凤九卿的是他亲手制作的百宝箱，箱子设计了不少暗格，需要花费脑筋才能打开，不但趣味十足，重要的东西放在里面还不容易被人偷走，凤九卿对这份有趣的礼物十分喜爱。

宾客中最合凤九卿眼缘的，当数庆国皇后楚红雪。

听说楚皇后大名的时候，凤九卿还是一个懵懂无知的小姑娘，那时，她在太华山与玄乐道长学习本事，喝茶下棋时听师父提起庆国有一位才女名叫楚红雪，不但精通琴棋书画，刺绣的本事也名扬天下。

当时，还未嫁人的楚红雪是庆国大将军楚北寒的掌上明珠，庆国多数百姓信仰佛祖，一次重要的佛会时，楚红雪用特制的丝线绣了一幅观音像，佛会当天，观音像出现神迹，好多百姓亲眼看到观音大士显灵，纷纷对着画像磕头膜拜。

楚红雪一绣成名，在当时掀起不小的风浪。

没想到数年之后，凤九卿与传说中的楚红雪竟以这种方式见面了。

楚红雪给凤九卿准备的礼物最有心意，是一幅凤九卿身穿凤袍的画像。

她绣工精湛，将凤九卿的容貌绣得栩栩如生，令人赞叹的是，这幅绣作可以从不同的角度进行欣赏，在光的折射下，可以看到凤九卿的衣裳首饰随着光线的变化而产生变化。

用鬼斧神工来形容这幅绣作也不为过。

凤九卿早年听闻过楚红雪的大名，楚红雪亦是如此，对凤九卿的威名也是早有耳闻。

得知要来黑阙做客，她便派人去寻凤九卿的画像，熬夜为凤皇后准备寿礼，总算在寿宴当天将完整的作品展示了出来。

凤九卿对楚红雪送来的礼物喜欢得不行，吩咐下人小心珍藏，心里对

楚红雪的好感越来越甚。

楚红雪算不上美女，但她自有一种雍容的气质，与生俱来的亲和力会让人不由自主地对她产生莫名的好感。

凤九卿曾经对她十分欣赏，如今见到本尊，免不得与她多聊了几句。

面对位高权重的黑阙皇后，楚红雪应对起来谈吐文雅，知书达礼，无论凤九卿谈及哪方面的话题，她都能巧妙接过，两人一见如故。

凤九卿对楚红雪格外看重，让一旁的蒋花若极其难堪。

在庆国时，她才是众人争相讨好的头号人物，空有皇后之名的楚红雪给她提鞋都不配。

也不知凤九卿是不是故意给她难堪，明知道她才是庆国皇帝的宠妃，连儿子都被立为太子，结果凤九卿连正眼都没给过她，却跟楚红雪聊得热火朝天。

蒋花若心中悲愤却无处发泄，故意当着众人的面问轩辕容锦："请恕妾身言语无状，向皇上打听一个人。妾身幼时曾随家中长辈来过黑阙，与卓府三小姐卓慕莲有一面之缘，后来听说她嫁给了风流倜傥的四王殿下。一别数年，再无音讯。此次随夫君出使黑阙，很想借机与故交重续前缘，如今四王殿下已登基称帝，不知那位四王妃现在在宫中被封了什么位分？"

蒋花若这番话说出口时，热闹的气氛瞬间凝固，就连赵景明都没想到，身边这个愚蠢的女人竟胆大妄为到这种地步。

卓慕莲？那是什么时代的人物，居然有人敢在这种场合提及她的名字？

不管现在的荣祯帝究竟有没有把卓慕莲当一回事，知情的人都知道，如果卓慕莲没死，她将是当之无愧的黑阙皇后。

蒋花若故意当着凤九卿的面提起卓慕莲，明摆着是给黑阙的现任皇后下绊子。

赵景明又气又急，生怕惹怒了黑阙皇帝。

偏偏蒋花若这番话又让人挑不到半点错处，她有言在先，只幼时随家

中长辈来过一次，与卓慕莲有一些旧交情。

数年不见，再次拜访，询问故友现在是否安好，这也是人之常情。

蒋花若觉得这剂猛药下得不错，她就是要让凤九卿没脸，你拉着楚红雪畅所欲言，可曾想过我在众人面前有多难堪？利用楚红雪来讥讽我名不正言不顺，你凤九卿也不是好东西，还不是抢了卓慕莲的位置取而代之？

轩辕容锦沉了脸，冷声道："你问的这个人，朕隐约记得她的名字，没上过族谱，与朕也不曾有过夫妻之实，后来卓家发动政变，便被朕直接赐死了。"

第一百一十四章 忆当年遗物重现

武器改造

轩辕容锦寥寥几语，交代了卓慕莲的下场。那漫不经心的语气仿佛在告诉众人，卓慕莲之于他，不具半点存在价值。

一心维护母后的轩辕尔桀霍然起身，面色冷峻地瞪向故意找麻烦的蒋花若，这个女人着实讨厌，之前就被连城和灵儿告过黑状，此时居然敢把歪主意打到母后头上，他如何忍得？

凤九卿岂会看不出蒋花若的阴险用心？冲儿子做了一个少安毋躁的手势，淡定自若地喝了口酒，笑着对如坐针毡的赵景明说："听闻贵国在兵器锻造方面颇有成就，是其他诸国学习的楷模，这其中当然也包括我们黑阙。如今海晏河清、四海升平，除了注重军事发展，庆国皇帝也该把心思多用在外交方面。所谓知己知彼，方能百战不殆，坐井观天、故步自封，只会让目光越来越狭隘。"

赵景明虽然不是聪明人，还是一下子就猜出凤九卿这番话的含义。

她说自己不注重外交，言下之意是在讥讽远在庆国的他们连黑阙的国内局势都摸不清楚，而"坐井观天、故步自封"说的正是蒋花若。

卓慕莲已故多年，她居然装作一副不知情的模样，可不就是像青蛙一样坐在井里，只看得到那一小块天吗？

不得不感叹，这位凤皇后真是厉害，根本不屑与蒋花若正面交锋，直截了当地对他这个皇帝发起了刁难。

　　赵景明岂会不知凤九卿的名声有多响亮，真正的文武全才，治得了后宫，上得了战场，就连赫赫有名的荣祯皇帝都被她拿捏得死死的。

　　这么厉害的女人，借给他十个胆子也不敢得罪。

　　赵景明只能撑着苦笑点头应是，心里已经把惹出这场是非的蒋花若恨出了毒水。

　　这场寿宴令轩辕容锦并不满意，原打算为凤九卿举办一场盛大而隆重的庆生宴，赵景明带来的那个蒋贵妃口下无德，触了轩辕容锦的霉头，以至于宴会结束后，他的心情仍旧阴郁。

　　凤九卿倒是无所谓，回寝宫后，舒舒服服洗了一个热水澡，头发未干前无事可做，便用提着蘸了金漆的毛笔站在书案前抄写经文。

　　她很有耐心地安抚轩辕容锦："嘴长在别人脸上，只要不影响朝廷利益，想说什么让她们说便是，为这种事情大动肝火实在不值，有生气的工夫，还不如想想如何促进两国利益交流。花齐国那位女皇人很不错，她送来的奇珍异果十分美味，不知我们黑阙的气候环境，适不适合大量栽培……"

　　轩辕容锦忍不住打断她："九卿，你心中难道毫不介怀？"

　　"介怀什么？"

　　凤九卿将抄了一页的经书拿到烛火前烤了一会儿，待金漆渐干，才漫不经心地翻了一页，继续抄写，边抄边说："那蒋贵妃恃宠而骄，殿前失仪，以为要些小聪明便可在嘴上占得上风。殊不知，她愚蠢的行为已令庆国蒙羞，若庆国皇帝还有脑子，回去后自会对这位口无遮拦的蒋贵妃严加管教。"

　　轩辕容锦冷笑："你未免抬举赵景明了。"

　　凤九卿抬头看他，虚心地问："此话怎讲？"

　　轩辕容锦语带讥讽："堂堂一国之君，竟把蒋花若那种庸脂俗粉当成宝贝养在深宫，可想而知眼光有多俗气。朕当日看重庆国在兵器制造方面很发达，以为注重军事培养的赵景明与朕可以找到共同话题。接触后才发

现，朕判断有误。难怪庆国至今有两百余年历史，国势毫无增长，一个连大局观都没有的统治者，注定碌碌无为，没有建树。"

凤九卿忍不住笑了："容锦，你难道不该对此感到庆幸？若每个邻国都像北漠那般争强善战，我黑阙想保持今日的太平恐怕不易。"

轩辕容锦叹息一声："朕不过想寻一位旗鼓相当的对手，终究还是奢望。"

"你够了啊。"

凤九卿深知他的秉性："用无病呻吟的方式来衬托自己的强大，传出去也不怕被群起攻之。做人要谦虚谨慎，骄傲自满只会给敌人可乘之机。"

被媳妇戳中心思，轩辕容锦也不气恼，还主动担下帮凤九卿磨墨的差事，顺便赞叹九卿的字比从前写得更漂亮了。

聊着聊着，话题扯向了楚红雪："朕发现，你对那庆国皇后格外欣赏，莫非你二人曾是旧识？"

"旧识谈不上，年幼时听师父说过她的事迹，是颇具传奇色彩的一个人物，年少时风光无限，嫁入宫廷后倒沉寂下来。想必那蒋花若没少在庆国后宫兴风作浪，仗着自己有几分美色，把赵景明迷得神魂颠倒，让楚皇后平白受了不少委屈。"

"美色？"

轩辕容锦越发不屑："你怕是对'美色'二字有所误解，美人在骨不在皮，那蒋花若无论皮相还是神态，皆与青楼舞姬一般无二，也就赵景明那种蠢货会把这种粗俗的女人捧在手心。"

"话倒不能这么说，若她真的一无是处，也不会在庆国皇宫得宠多年。"

"她因何得宠，你不是一清二楚？"

似是想到了什么，凤九卿接口道："你是说她身上散发的香味？"

轩辕容锦冷笑："仗着魅惑人的香料来勾引男人，朕说赵景明色令智昏并不为过。女人可以随便宠，储君却不能随便立。那庆国太子不愧是蒋

花若一手调教出来的，心胸狭隘、目光短浅，若由他来继承庆国大统，不久的将来，朕可以预见庆国将会日渐凋零。"

轩辕容锦阅人无数，只听这位庆国太子赵天赐在宴席中说过几句话，便把他的本性摸得一清二楚。

凤九卿对赵天赐的人品不予评价，倒是想起楚红雪的一些过往。

"楚红雪嫁进庆国皇宫那年，我正好从太华山学艺归来，听说她入宫没多久，就传出喜讯，生下了皇长子……"

轩辕容锦替她解惑："皇长子几岁大的时候夭折了。"

凤九卿心下一紧，忍不住替楚红雪难过，痛失爱子，她当时该有多难过。

担心子嗣问题会引起九卿心理上的不适，轩辕容锦转移话题："你对轩辕吉星印象如何？"

凤九卿如实说道："比我以为的年轻不少。"

"他与轩辕君昊同龄。"

凤九卿震惊了："如此说来，这位凛王世子也太会保养了，不知情的人还以为他只有二十岁出头。"

轩辕容锦吃醋道："你莫不是在嫌弃朕年纪大了？"

凤九卿好气又好笑："那凛王世子生了一张不显老的娃娃脸，就算再过十年二十年，与同龄人相比，面相也会显得生嫩。年轻是年轻，倒是少了几分男子气概，不能与你俊俏的容貌相提并论。"两人夫妻这么多年，凤九卿知道轩辕容锦幼稚起来有多缠人，适当说几句好听的话哄哄他，对她来讲无丝毫损失。

果然，被夸俊俏的轩辕容锦露出满意的笑容，并直接坦白心中的想法："朕想重用一批臣子，轩辕吉星便在此列，用人之前，朕要仔细考察他们的人品。九卿，你也帮朕参谋参谋，看看这位凛王世子究竟值不值得朕对他委以重任。"

为了庆贺爱妻寿辰，轩辕容锦将宾客们留在京城热情款待。

大小事宜，由丞相贺明睿全力负责。

对外交流方面，贺明睿的处事手段非常厉害，在他殷切的款待之下，宾客们玩得开心，吃得开心，住得也开心。

再过几日，便是皇家狩猎日，听说黑阙的皇家猎场百兽云集，擅长狩猎的宾客们决定狩猎结束后再启程动身。

被带来皇宫做客的小孩子也在长辈的默许下聚到一起联络感情，对这些孩子来说，这样的相聚弥足珍贵。

有资格以这种方式踏入黑阙皇城的贵胄子弟，个个身份高贵、来历不凡，若现在建立深厚的友情，日后继承大业时，友情会变成人脉，被他们加以利用。

身为黑阙太子，轩辕尔桀责无旁贷地肩负起招待的重任，爱玩爱闹的轩辕灵儿与乖巧懂事的贺连城也加入这支队伍，十几个年纪相仿的小孩子每天聚在一起，兴致勃勃地在众人面前讲述自己国家的趣事。

与轩辕尔桀有过龃龉的熊耀祖最近老实了不少，自从那日他被太子揍得鼻青脸肿，回府后便找父亲哭诉。熊有才得知儿子居然胆大包天得罪太子，举着荆条又把熊耀祖狠狠揍了一顿。真是家门不幸，养了一个不争气的儿子，竟不知死活地连太子爷都敢欺负。得亏皇上皇后心存宽仁不予计较，如若不然，熊耀祖还有没有命活到今天都是个未知数。

为了让儿子认清现实，熊有才苦口婆心地给儿子讲帝后失和、太子失势只是传言，让他千万保持清醒，时刻谨记什么人能得罪，什么人得罪不起。

在熊有才的棍棒威胁下，熊耀祖只能服软，事后他渐渐发现，他爹说得果然没错，帝后的感情非但没破裂，为了给皇后庆生，皇上还昭告天下，宴请宾朋，那架势分明把皇后宠上了天。

自那以后，熊耀祖只要见到轩辕尔桀便夹起尾巴，像一只见到猫的小老鼠。

轩辕尔桀也真是争气，小小年纪便展现出傲人的天赋，将一群小屁孩治得服服帖帖。

与他年纪相仿的花齐国公主万金金对轩辕尔桀十分崇拜，宾客中，她是唯一的小姑娘，长得甜美可爱，很得男孩子们的喜欢。

轩辕灵儿的样貌生得当然也好，但年纪太小，腿短个子矮，又被宠得十分娇气，年纪稍大一点的男孩子都不爱跟她玩，只有贺连城不嫌弃她，无论走到哪里都牵着她的手，比轩辕尔桀这个皇兄对待妹妹还要贴心。

被好看的小姑娘视为英雄崇拜，是每个男孩子心中的梦想。

这群孩子中年纪最大的庆国太子赵天赐，对机灵可爱的万金金生出好感，他见不得万金金总黏在轩辕尔桀身边团团转，便对轩辕尔桀心生嫉妒。

加之贺连城与轩辕灵儿在望江楼门口与他有过口舌之争，轩辕尔桀的娘又在几日前的宫宴上当众给他娘蒋花若难堪，新仇旧恨一齐涌来，赵天赐便对黑阙皇族的这几个小孩越发生厌。

他仗着自己年纪最大，处处都想压人一头。

轩辕尔桀岂能让赵天赐如愿以偿？正愁找不到机会收拾这位庆国太子，既然他不知天高地厚地撞过来，就该好好领教一下他的报复。

于是，轩辕尔桀想出一个坏招儿，不怀好意地说："听闻庆国太子文能提笔安天下，武能上马定乾坤，正逢今日齐聚一堂，不如大家来比一比，也让我等开开眼界，见识一下学识渊博、才高八斗的庆国太子究竟有多优秀。"

万金金鼓掌叫好："这个提议十分有趣，我参加。"

其余的孩子也跟着点头，愿意借比试之机一展所长，就连年纪最小的轩辕灵儿也跟着起哄，非要加入比试的行列。

贺连城担心灵儿赢不过别人会哭鼻子，便哄着她坐到一边看热闹。

瞧轩辕尔桀那个架势，是想趁这个机会好好整整赵天赐，如此热闹的一出大戏，他当然不能让傻乎乎的小灵儿破坏了。

果不其然，喜欢争强斗胜的赵天赐受不得轩辕尔桀的挑衅，同意加入这场比试，他傲慢地说："好啊，让本太子听听比试规则。"

轩辕尔桀做了一个请的手势："写诗、画画、骑马、射箭，项目你

选，规则你定，我逐一奉陪。"

赵天赐不服输地问："本太子说比什么，你就比什么？"

轩辕尔桀脆生生地回了他一个字："对！"

赵天赐自觉迎来翻身的机会，殊不知这次比试会让他颜面尽失。

在庆国时，他仗着太子的身份处处拔尖，不管琴棋书画学得好坏，所有的孩子必须唯他马首是瞻，谁要是敢超越他，就会被他狠狠报复。

久而久之，他麻木地以为自己的能力无人超越、天下第一，却忘了轩辕尔桀可不归他庆国管，不惯任何人的臭毛病。

于是，当赵天赐将射箭作为比试项目，准备借机让轩辕尔桀人前出丑时，他犯了一个天大的错误。

他以为轩辕尔桀年纪比自己小，个子比自己矮，便可以借身高和体力优势将其碾压。直到他亲眼看见轩辕尔桀拉弓放箭，一环又一环射中靶心，才发现当初的想法有多天真。

在绝对实力的碾压之下，赵天赐输得一败涂地。

看着轩辕尔桀被小伙伴们当成英雄一般膜拜，赵天赐第一次意识到，讨厌一个人的滋味有多折磨人。

御花园一处风景极佳的八角凉亭内，轩辕赫玉的手指搭在轩辕吉星的脉搏上，片刻后，他脸色凝重地说道："气血不通、肝肾衰竭、心脉时而强时而弱，从脉象来看，世子应该被病痛折磨许多年了吧。"

收回手腕的轩辕吉星拉上衣袖，露出一个无奈的笑容："胎里带来的隐疾，跟了我这么多年，已经习惯了。"

轩辕赫玉疑惑地问："可曾找名医给世子瞧过？"

"瞧是瞧过，也开了许多不同的药方，喝了始终不见效果。"

凤九卿与轩辕容锦对视一眼，开口问道："小七，世子的病，你可治得？"

轩辕赫玉沉思了一会儿，说道："能不能治，现在还不好说，得用不同的方子试着调理。效果如何，要看世子服药之后的恢复情况，他自幼患

病，身体早已有了耐药性，普通的药方对他没用，得下猛药才得见成效。以他目前的身体状况，猛药下多了，定会伤及肝肾脾。以他身体的承受能力，恐怕经不起汤药的攻势，这便不好办了。"

难得轩辕赫玉也会遇到医治不了的难题，这倒出乎轩辕容锦和凤九卿的意料。

今日将轩辕吉星请进皇宫，就是让小七帮他看看病情，如果连小七都束手无策，其他御医也就没出场的必要了。

轩辕吉星对自己的病倒是看得很开："劳烦皇上皇后为臣担心了，与病魔纠缠这么多年，臣早已适应它的存在。这些年身体时好时坏，虽然吃了不少苦，受了不少罪，好在上天垂怜，让臣苟延残喘活至今日，还有幸入京来参加皇后寿宴。对臣来说，生病休养也不是全无好处，每日赋闲府中足不出户，看淡俗世红尘，也少了许多烦心事。"

轩辕容锦忍不住问："听说世子至今尚未婚配，是眼光太高，还是没有遇到合适的姑娘？"

这个话题，倒把轩辕吉星问得面色通红，他就像一个未经世事的青涩少年，尴尬地说："以臣目前的情况，哪有资格挑三拣四。之所以这把年纪还未婚配，是不想拖着病体连累无辜之人。七王擅长医术，想必从我的脉象已经看出，我这身体，虚弱得无法孕育子嗣。谁家的姑娘不是父母手中的宝贝，嫁给我这么一个病秧子，不是逼人家好好的姑娘往火坑里跳吗？"

轩辕容锦看向轩辕赫玉，仿佛在等他给出结论。

轩辕赫玉点了点头，说道："以世子现在的体质，的确不适合孕育子嗣。就算勉强留下血脉，恐怕也会像世子这般，从出生起便受病痛折磨，若保养不好，说不定还会胎死腹中。"

听他这么一说，凤九卿和容锦都忍不住同情起轩辕吉星了。

好好的一位权贵子弟，却终将落得这样悲惨的下场，凛王一脉，莫非到了这里就要终结了？

察觉周遭的气氛渐渐压抑，轩辕吉星主动岔过话题，从袖袋内取出一

沓纸张，双手奉到轩辕容锦面前："臣听闻皇上重金招揽武器锻造师，此次入京，除了给皇后庆生，臣还带来了几份图纸，是臣闲来无事时亲手画的，若皇上不弃，还请过目。"

轩辕容锦和凤九卿都来了兴致，接过图纸逐一欣赏。

轩辕吉星说道："臣统计过，刀剑弓弩是战场上的常用兵器，因耗损极大，导致朝廷供不应求。臣根据这两种兵器的特点在材质上做了改良，可以大大降低磨损速度……"

随着轩辕吉星的耐心讲解，众人才发现这位凛王世子居然在兵器研制方面造诣极高。

轩辕容锦之前还感慨，庆国的赵景明不堪大用，两国合作事宜恐怕要无限期延后。

他直到这时才发现，轩辕吉星完全可以取代赵景明。他设计的兵器结实耐用，除了常用的刀剑之外，还发明不少新式武器，若批量打造，必会为黑阙带来不可想象的利益。

几人相谈甚欢时，小福子也带来了好消息，黑阙太子人前出彩，琴棋书画样样精通，还在射箭比赛中完胜庆国太子赵天赐，赢得其他孩童的集体崇拜，很是出了一番风头。

轩辕容锦面上装作无动于衷，心底则为儿子小小年纪便受人膜拜而感到自豪。

遗书再现

傍晚，忙了一天的轩辕容锦回到寝宫时，就见偌大的宫殿一片狼藉。

堆积在地上的杂物琳琅满目，衣裳、首饰、书本、字画、枕头、被褥……只有想不到的，没有看不到的。

以宁儿为首的几个宫女像木桩子一样守在门口一动不动，这让有强烈洁癖的轩辕容锦怒上心头，不分青红皂白便出言训斥："龙御宫失窃这么大的事，怎么没人向朕汇报？宁儿，你是怎么当的差，竟由着朕的寝宫乱成这样？"

宁儿及一众宫女连忙屈膝告饶。

凤九卿的声音自屋内传来："东西是我堆放的，与她们无关。宁儿，先退下吧，这里不用你们伺候。"

越过散落一地的杂物，轩辕容锦循着声音走进屋内，才发现里面的情况更加糟糕，凤九卿把衣柜里的东西全搬到了外面，虽然件件价值不菲，但如此随意地丢在地上，看上去倒比垃圾还要廉价。

"九卿，你这是要做什么？"

凤九卿在一堆杂物中翻翻找找，头也不抬地说："找一本书。"

"什么书？"

"名字我忘了，当年学成下山时，师父作为临别礼送我的，里面记载着各朝各代的先进兵器，包括外观、制作流程、使用方法，罗列得十分详

细。当年出嫁，被我塞到嫁妆里一并带进宫，今日在御花园看到凛王世子画的那些武器图，我才想起它的存在。你不是派人四处打探墨谦最后一份遗作的下落吗？我隐约记得，书中好像记载了关于火铳的资料。可你说怪不怪，那么厚的一本书，怎么就找不到了呢？"

见轩辕容锦像没事人一样站在那里，凤九卿差遣他："还愣着干啥？赶紧动手帮我找。"

天底下敢把皇上当成伙计来支使的，也只有她凤九卿了。

轩辕容锦心里抱怨妻子闲得没事穷折腾，表面还得装作做苦工的架势帮她寻找书本的下落。

眼看干净整洁的龙御宫在凤九卿的破坏下变成了一座垃圾场，他一个字都不敢抱怨，皇帝做到他这个份儿上，也不知是幸还是不幸。

搜寻半晌，始终无果，轩辕容锦问："会不会收藏在凤鸾宫那边？"

凤九卿手中动作一顿，恍然大悟道："对啊，这极有可能，我这就过去看看。"

轩辕容锦一把将她拉住："也不看看现在是什么时辰，天色已经这么晚，就算找，也等明日起床后再说。"

凤九卿累得腰酸背痛，也没精神再去凤鸾宫翻箱倒柜。

喝了小半碗凉茶，捏了捏酸软的脖颈，轩辕容锦见她力道不够，便把她拉到身边，对着她肩颈处的穴位进行指尖按压。

凤九卿闭着眼享受着他的贴身伺候，片刻后，她突然问："你是不是借小七之手，试探凛王世子的病是否属实？"

轩辕容锦动作微顿。

凤九卿仍闭着双眸，拍了拍左肩的位置："别停，这里也按按。"

轩辕容锦只能任劳任怨地继续当差。

凤九卿说道："你心里在打什么主意，瞒得住小七，瞒得住凛王世子，却瞒不过我。今日在御花园，你让小七为凛王世子把脉，帮他治病只是借口，真正的目的是借小七之手打探虚实，对吧？"

"朕确有此想法。"

凤九卿慢慢睁开眼："你对试探的结果可还满意？"

"现在还说不好，朕与这位凛王世子只见过一两面，他身体一直不好，多年以来靠补药吊命。不日前，凛王写信求朕，帮世子在京中谋一份差事，无须高官厚禄，给他个闲差做做，多结识一些权贵，待日后凛王西去，袭爵的世子有了人脉，也不至于被人欺负。"

凤九卿感叹："凛王考虑得倒是长远。"

轩辕容锦很认真地帮她敲打肩膀，边敲边说："凛王极少向朕提什么请求，好不容易开了尊口，朕也不好回绝。既然答应帮凛王这个忙，自然要为世子谋一份过得去的差事。官位太低，凛王那边说不过去；官位太高，又担心他能力不足，难以胜任。当然，最让朕在意的还是人品，万一他包藏祸心，动机不纯，于朕来说又是一场无妄之灾。"

凤九卿点了点头："你的担忧倒并不过分，可从表面来看，这样的担心又显得多余。连小七都说，他被病魔纠缠数年之久，一个货真价实的病秧子，就算想兴风作浪，也得有那个实力和体力才行。"

轩辕容锦疑心很重："病，是可以装的。"

凤九卿反问："你是在质疑小七的把脉能力？"

轩辕容锦不再作声，他可以不信任何人，唯独不会不信小七，医术方面，轩辕赫玉极少出错，甚至从未出错，他说轩辕吉星有病，那轩辕吉星就真的有病。

见他一脸凝重，凤九卿反过来安慰他："依我看，你若真的对凛王世子心存怀疑，最好的方法就是把他留在京城，放到眼皮子下亲自监视。一个人再怎么擅长伪装，平时的言行举止也会出卖他的内心。"

轩辕容锦点了点头："你说的倒也没错。"

凤九卿转了个身，将脚丫子举到他面前："脚掌也给我按一按。"

轩辕容锦被她的得寸进尺气笑了，坏心眼地在她脚心拍了一掌，没好气地斥道："占便宜上瘾了是吧？还真把朕当长工使唤了。"

凤九卿被抽得脚心麻痛，气急败坏地对着他胸口踹了一脚，伤害不大，侮辱性极强。

毫无防备的轩辕容锦差点被这一脚踹倒，好不容易稳住身体，便要给她一顿教训。

追逐笑闹间，凤九卿脚下不知踩了什么，疼得她尖叫一声，轩辕容锦连忙扶住她的手臂，紧张地问："是不是伤到了哪里？"

低头一看，才发现硌痛她脚的是一根碧玉簪，都怪她乱丢乱放，才自食恶果，伤到了脚心。

碧玉簪旁边放着一只蓝色锦盒，盒身只有书本大小，外表看上去昂贵非常。

凤九卿拾起锦盒，蹙眉说道："这盒子看着怎么有点眼生？"

她好奇地打开锦盒，呈现在眼前的居然是一封书信。

取出信件展开一看，才发现这封信居然是写给轩辕容锦的，确切来说这是一封被搁置数年的遗书，写这封信的，是轩辕容锦已故多年的母妃——沈若梅。

轩辕容锦也十分诧异："是母妃留给朕的？"

凤九卿将信递给他，催促道："看看信中写了什么。"

两人一目十行阅读完毕，对信的内容表示意外。

从字体分辨，信确实出自沈若梅之手，因年头太久，信纸变得十分残旧。

信中说到沈若梅母族的一些情况，容锦的外公当年任职军中武将，手中颇有权力，他膝下养了两个貌美的女儿，大女儿沈若梅惊才绝艳，二女儿沈若兰貌比天仙，不少官宦子弟对沈家两位小姐心生爱慕，数次派媒婆上门提亲。

为了给两个女儿寻到好婆家，沈老爷子可谓操碎了心。

正逢那年皇帝轩辕腾伪装成普通百姓与沈二小姐沈若兰偶遇，年轻气盛的轩辕腾对沈若兰一见倾心，表明身份后欲将沈若兰纳进后宫。

结果上门提亲时，他被出面迎接的沈大小姐沈若梅吸引，看到沈若梅的第一眼，轩辕腾便无法再将视线移开，她不顾世俗，将沈若梅据为己有，一宠便是数年之久。

轩辕腾弃妹娶姐的行为，令沈若兰伤心欲绝、颜面尽失，愤恨之下离家出走，从那之后音信全无。

沈老爷子过世时曾拜托已经入宫做贵妃的沈若梅，无论如何也要把妹妹找到，让她回沈家认祖归宗。

可惜，沈若梅只是一个后宫女子，自从双亲相继过世，宫外的人脉断得七七八八。

虽然当年的事情错不在她，但妹妹的出走与她有关，弥留之际，她写下这封信，拜托轩辕容锦得势之后帮她完成这个心愿，无论如何也要找到沈若兰，弥补当年对她的亏欠。

凤九卿好奇地问："你娘的意思是不是说，你还有一位姨母如今尚在人世？"

轩辕容锦惩罚性地捏了捏她的鼻子，假意训道："朕的娘，也是你娘。"

凤九卿笑着哄道："好好好，咱娘，咱娘行了吧。"

轩辕容锦又把信从头到尾看了一遍，眉头慢慢皱了起来："朕年少时，从未听母妃提过此事。另外，这个装有遗书的盒子，朕从前未曾见过。九卿，你从哪里翻出来的？"

凤九卿无辜地摊摊手："物件儿太多，我记不得了。按常理说，这么重要的事，咱娘在世时，应该与你提过一二，你仔细想想，真的毫无印象？"

轩辕容锦摇头："毫无印象。"

"回头问问小七吧，说不定他比你清楚一些。"

事关母妃留下的遗书，轩辕容锦连夜将轩辕赫玉召进皇宫。

天色太晚，传话的太监赶去七王府时，轩辕赫玉已经睡了，听说皇兄有急事召自己入宫，只能不情不愿地穿好衣裳，一脸困倦地入了宫。

听完事情的来龙去脉，轩辕赫玉语带倦意："这件事情你问我没用，与我相比，母妃宠你更多一些，就算有心里话，也只会对你说，不会对我说。连你都不知道母妃还有一个离家出走的妹妹，每日沉浸在各种药材研

制中的我更不可能知晓此事。"

终于忍不住打了个呵欠，轩辕赫玉揉了揉眼睛，漫不经心地说："皇兄，不管此事是真是假，已经过去那么多年，各人都已有了自己的生活。依我看，谁都别打扰谁才是最好的解决方式。"

轩辕容锦瞪了弟弟一眼："你说的还是人话吗？万一姨母在外面过得并不如意，你于心何忍？"

轩辕赫玉不在乎地说："从我出生起就没见过这位姨母，即便见了面，于我而言也只是陌生人。她过得好与不好，跟我还真没有什么直接关系。而且你不觉得奇怪吗？这么重要的一封信，母妃去世怎么没发现？莫名其妙出现在皇宫，说不定有人在故意搞鬼，在背后设计什么阴谋呢。皇嫂，你说呢？"

凤九卿摆摆手："我不知道，但这封信的确如你所说，就像凭空出现的一样。"

轩辕容锦为两人解惑："母妃去世时留下许多遗物，朕当时立场敏感，不方便亲自去她宫中整理，便买通宫人把她生前的东西都整理好，放到指定的地点暂时存放。直到朕继位，才命人将这些东西搬进寝宫。由于年代久远，朕平时又忙于国事，才疏于查看。若不是九卿今日寻找兵器书，搬出这些陈年旧物，朕也不会发现这封遗书的存在。"

见轩辕赫玉心不在焉，轩辕容锦心中窝火，没好气地骂道："朕跟你讲话呢，你上点儿心。"

轩辕赫玉控制不住地又打了个呵欠："听着呢。"

"朕瞧你根本未把此事放在心里，从屁股坐下开始，呵欠一个接一个，你跟朕讲话就这么不耐烦？"

轩辕赫玉被骂得很委屈，小声争辩："这个时辰，困了想睡觉也是人之常情嘛。"

轩辕容锦更恼火了，骂道："滚回去睡吧。"

轩辕赫玉腾地起身，象征性地拱了拱手："臣弟马上就滚。"

说完，一溜烟不见了人影。

凤九卿被逗得乐不可支，就差大笑出声来证明自己在幸灾乐祸。

轩辕容锦忍不住抱怨："小七就是被朕宠坏了才无法无天，没个规矩。这沈若兰不仅是朕的姨母，同样是他的姨母，可你看看他那个德行，根本就没把姨母放在眼里。"

凤九卿劝道："多年不联系，感情淡薄也是人之常情。说到亲缘，我上面还有一位同父异母的姐姐呢，从她嫁人直到现在，与我不也是多年未见？别说我，就连我爹也不知道我姐姐如今的下落。"

"不想找一找？"

"找什么？如小七所言，这么多年不联系，彼此都有自己的生活，贸然被打扰，破坏了眼前的平静，未必是件好事。顺其自然吧，有缘自会相聚，无缘莫要强求。"

轩辕容锦点了点头："你说的也不是全无道理，但这位姨母，朕还是想派人去民间找找。找得到自然皆大欢喜，找不到朕也不会妄加强求，一切顺其自然就好。"

随着狩猎日到来，轩辕容锦和凤九卿率领众位远道而来的宾客来到了皇家猎场。

黑阙的皇家猎场位于郊外，与热闹繁华的都城相比，这边地势偏僻、人烟稀少，远远望去，景色宜人。

就算远道而来的客人不来黑阙，喜欢狩猎的轩辕容锦每年到了这个季节，也会带着妻子和大臣来这里猎几只野味，一饱口福。

皇家猎场分为两个区域，成人区和幼童区。

顾名思义，成人区为成年人准备，幼童区为孩子们准备。

无论大人还是小孩，都想在猎场一展雄姿，为了避免小孩子被个头过大的野兽伤害，轩辕容锦早些年便下达命令，将猎场划分出两个区域，让人挑一些山鸡野兔这些个头小的动物丢进幼童区，随孩子们折腾。

到达猎场第一天，天色已晚，众人在猎场附近支起了帐篷各自休息。

第二日起个大早，喜欢狩猎的男人们便带上弓箭，陆陆续续进了猎场。

以轩辕尔桀为首的孩子们也对狩猎活动跃跃欲试，尤其是被当成女皇

来培养的万金金，对猎场这样的地方十分向往。花齐国也有猎场，可惜与黑阙相比，不但地方小，猎场里的猎物也都是豢养的，抓起来特别没有成就感。

如今到了黑阙，万金金难以掩饰心中的兴奋，拉着轩辕尔桀的衣袖说："轩辕太子，待会儿进了猎场，咱俩组队吧，我对猎场地形不熟，怕走丢了，就让我跟在你身边好不好？"

轩辕尔桀对万金金印象不错，点头说："可以，你跟着我吧。你弟弟呢？他不跟我们一起玩吗？"

万金金撇了撇嘴："他是个胆小鬼，不敢参加这样的活动。"

旁人听了都觉得无语，花齐国这对双胞胎姐弟的个性真是有着云泥之别，姐姐豪放勇敢，弟弟胆小怕事，也难怪女皇打算把皇位交给女儿。

年纪最小的轩辕灵儿也屁颠屁颠地跑过来，一把揪住轩辕尔桀的衣襟，娇声娇气地说："皇兄，我也要去，我还要跟你骑同一匹马。"

轩辕尔桀把灵儿的小手从自己衣襟上扯下来，好言劝道："里面危险，你不能去。"

轩辕灵儿嘟起嘴巴，指向万金金，不高兴地问："她去得，为何我去不得？"

"你和她不一样。"

"哪里不一样？她是姑娘，我也是姑娘，皇兄，你带她不带我，你偏心，我要找皇伯父告状，就说你不疼我了。"

听到轩辕灵儿在这边闹事，贺连城急忙跑过来哄道："灵儿，乖乖听你皇兄的话，猎场里到处都是野兽，你年纪太小，进去之后会被吓到。"

轩辕灵儿委屈得哭了，抹着眼泪说："你们都不陪我玩，我太可怜了。"

贺连城帮灵儿擦眼泪，边擦边哄："别哭，我陪你玩。"

轩辕尔桀问贺连城："你不随我们一起进猎场？"

贺连城搂着直掉眼泪的轩辕灵儿，无奈地说："我若进去，灵儿不知要哭到何时，今年的狩猎我便不参加了。太子，多打些野味，分给我跟灵

儿一起吃。"

轩辕尔桀无奈，只能接受这个提议。

第一百一十五章 ❀ 遭陷害含冤和离

猎场偶遇

进猎场时，万金金羡慕地说道："轩辕太子，你可真是宠妹妹。"

轩辕尔桀笑了笑："我就灵儿一个妹妹，宠着她些，也是应该的。"

万金金一脸向往："我要是有你这样的哥哥该多好！"

两人说笑间，赵天赐拦住轩辕尔桀的去路，不客气地问："敢不敢跟我比一场？"

上次在宫中比试射箭，赵天赐一支箭都没射中，丢了好大的丑，心中一直记恨轩辕尔桀，非要寻个机会扳回一局才肯罢休。

轩辕尔桀停下马，面无表情地问："比什么？"

赵天赐说："来了皇家猎场，当然要比试狩猎的成果。"

"以数量多少来论胜负？"

"正是如此！"

"可以，我跟你比。便以两个时辰为限，两个时辰后，提着各自的猎物来这里一决胜负。"

"等等！"

赵天赐挡住轩辕尔桀，伸手指向成人区："山鸡野兔这种小东西射猎起来也没意思，要比，咱们就去成人区比。怎么样，敢不敢接受我的挑战？"

不但轩辕尔桀震惊了，其他孩子听到这个提议也颇为意外。

万金金质疑："以咱们的年纪，怕是无法应付那些猛兽。"

赵天赐目不转睛地看向轩辕尔桀："你也怕了？"

轩辕尔桀犹豫片刻，说道："我当然不怕，为了避免伤及无辜，其余人留在这边，我随你去那边一决高下。"

赵天赐当众说起了风凉话："好啊，承认自己是胆小鬼的，就留在这边看热闹吧。"

孩子们都有胜负心，谁也不愿意成为别人口中的胆小鬼。

在赵天赐的挑衅之下，众人都嚷着要去成人区一展所长。

轩辕尔桀阻止不及，只能任由事态恶化。

到了成人区，赵天赐带着几个与他关系不错的跟班先行一步，比试的时间依旧是两个时辰。

轩辕尔桀担心发生意外，对万金金等人说道："诸位听我一句劝，这里野兽频出，十分危险，万一遇到狗熊、猛虎、狮子这种大型动物，凭我们的力气，不足以与之对抗。你们最好回到安全区域，切莫拿自己的性命开玩笑。"

万金金担忧地说："你一个人如何应付？"

"我对猎场地形还算熟悉，尽可能不往危险的地方去……"

就在此时，远处传来一阵骚乱，循声望去，一刻钟前离开的赵天赐，像丧家之犬一样被一头体型硕大的野猪追赶，跟在他身边的几个同伴早已不知下落，赵天赐骑着他那匹枣红马，像逃难一样逃向这边。

野猪的出现，把孩子们吓得血色全无，赵天赐真是缺德，自己招惹了猛兽，还把那家伙引至这边，让所有的孩子陷入危险。

因为太过害怕，赵天赐重心不稳从马背上摔下来，这一摔可不要紧，尾随而至的野猪正好踩中他的双腿，只听"咔嚓"一声，伴随着赵天赐撕心裂肺的尖叫，空旷的猎场被一片血光浸染。

包括万金金在内的孩子们都被这惨烈的一幕吓哭了，哪还有半点皇家子嗣该有的风范。

那野猪踩完赵天赐，被这边的哭声所吸引，便目露凶光地朝这边

追过来。

所有人都被吓得一动不敢动，就连轩辕尔桀也头一次应对这样的局面。

如果野猪把在场的孩子全部咬伤，黑阙必将有不可推卸的责任，到那时，父皇母后的麻烦可就大了。

千钧一发之际，轩辕尔桀策马扬鞭，以自身为诱饵，引那只野猪来攻击自己。

只有把危险从源头掐断，才有可能避免灾祸，离开前，他大声对万金金吩咐："离开这里，去搬救兵……"

来不及多说，轩辕尔桀引着那头野猪飞也似的跑向了猎场深处。

若说不怕那是自欺欺人，此次踏入猎场，身边并没有侍卫跟随，作为一个年纪只有六岁的小孩子，轩辕尔桀根本没办法应对这种未知的危险。

那野猪有三五百斤，一脚下去就把赵天赐踩得腿骨碎裂，可想而知它的杀伤力该有多强大。

奔跑时，他拉弓放箭，对着尾随而至的野猪连射数次，因为掌握不好准头，箭箭失利，无一支射准。

眼看跑得越来越远，箭筒里的羽箭也被他用得七七八八。

这时，胯下的马儿似是感应到了某种危险，突然抬起前蹄，仰空嘶鸣。

轩辕尔桀一心对付身后的野猪，马儿毫无预兆地停下来，他没控制好力道，顺势从马上跌落下来。

对他紧追不舍的野猪终于逮到了下口的机会，四蹄朝这边奔来。

摔倒在地的轩辕尔桀暗叫一声，完了，他的小命今日恐怕不保。

闭眼迎接死亡降临时，一道清亮的哨声划破天际，那哨声仿若魔音穿耳，给寂静的猎场增添了一丝诡异之感。

气势汹汹朝这边跑来的野猪就像受到了某种奇异的蛊惑，忽然止住脚步，扭过头，朝另一边跑去。

轩辕尔桀惊呆了，不知道眼下究竟是什么情况。

他揉了揉双眼，想要确定自己是不是在做梦，便看到一只体型庞大的雄狮朝这边走来。

是他眼花了吗？狮背上驮着一个与灵儿年纪相仿的小姑娘，小姑娘扎着两只包包头，穿着打扮虽然普通，五官样貌却生得精致可爱。

小姑娘骑着狮子走近轩辕尔桀，笑着说："小哥哥别怕，那只猪猪被我赶走了。"

轩辕尔桀迷迷瞪瞪地从地上站起身，上下打量着眼前这个粉雕玉琢的小姑娘："你是谁？怎么会出现在皇家猎场？"

小姑娘皱着眉，面带不解地问："皇家猎场是什么地方？"

"这个地方便是皇家猎场。"

"这样啊，我也不清楚这是哪里，阿大带我过来的。"

说着，她拍了拍狮子的脑袋，笑着介绍："它叫阿大，是我最好的朋友。"

那狮子仿佛听懂了小姑娘的话，晃了晃自己的大脑袋，以示配合。

因宫中养了一只成年白虎，轩辕尔桀从小就对狮子老虎这种庞然大物并不陌生，心里也不是特别害怕。

他好奇地问："你一个小女孩，怎么会来这种地方？"

"我来找我娘。"

"你娘在哪里？"

"不知道，她几日前上山采药，突然不见了，我循着她失踪的山头一路找过来，不知怎么就来了这里。"

轩辕尔桀忍不住同情起这个小姑娘："你娘叫什么名字？我可以帮你找。"

小姑娘想了想，说："她叫音音，洛音音。"

"你呢？叫什么？"

"我？"

小姑娘想了想，突然说："我的名字不能告诉你，我娘说，外面到处都是坏人，随便把名字告诉别人，会被坏人抓走的。"

轩辕尔桀哭笑不得："你看我像坏人吗？"

小姑娘诚实地回答："你长得好看，不像坏人。"

"那你还不把名字告诉我？"

"不想告诉，我娘说，防人之心不能有，害人之心不可无。"

轩辕尔桀笑出声，纠正道："应该是害人心之不能有，防人之心不可无吧？"

小姑娘一脸懵懂地抓抓头发："大概就是这个意思吧。不跟你讲话了，我得继续去找我娘。阿大，咱们走了！"

那狮子很听话地驮着她朝另一边走去，走出一段距离，小姑娘回头，对轩辕尔桀盼咐："小哥哥，记得啊，不要对别人说你遇到过我，后会有期。"

争端升级

殊不知，猎场外面此时已经乱成了一团。

赵天赐被野猪踩伤的事情传得尽人皆知，发生了这样的变故，众人再也无心打猎。

赵景明不敢相信儿子会出这种意外，那可是他庆国的太子，未来的皇位继承人，堂堂继承人要是没了双腿，这辈子岂不彻底废了？

闻讯而来的蒋花若抱着奄奄一息的儿子痛哭失声，那阵势，不知情的人还以为赵天赐已经归西了呢。

经历过这场生死大劫，年幼的孩子们个个被吓得面无血色，即使被接回了安全区域，也只会哭着找自家爹娘寻求安慰。

轩辕容锦和凤九卿闻讯赶至猎场时被告知，为了给其他小孩子创造脱险的机会，轩辕尔桀以自身为诱饵，引着那头发狂的野猪不要命地奔向猎场深处。

由于身边没带侍卫，尔桀目前生死未卜。

这个突如其来的变故，对容锦和九卿来说无疑是天大的噩耗。

夫妻俩只有尔桀一个孩子，那是他们爱情的结晶，生命的延续，万一有个三长两短，必会给夫妻二人带来重大的创伤。

在人前向来冷静淡定的轩辕容锦面上浮现出难得一见的慌乱，他叫来心腹侍卫江龙和江虎，吩咐二人，无论如何也要找到尔桀。

　　两个侍卫齐齐保证："主子放心，就算属下拼了这条命，也一定会把太子殿下安全地从猎场带回来。"

　　就在江龙江虎率领侍卫准备进猎场救人时，小福子连滚带爬地跑过来汇报："皇上，太子找到了，是凛王世子救了他。"

　　正说着，就见轩辕吉星背着轩辕尔桀安全归来。

　　凤九卿顾不得皇后威仪，迫不及待地将儿子抱进怀中，上上下下打量他有没有被野兽咬伤。

　　轩辕尔桀连忙安抚："母后放心，儿臣并未受伤，就是从马上摔下来时扭伤了脚，幸亏遇到世子伯伯，把儿臣从猎场里带了出来。"

　　凤九卿连忙向轩辕吉星道谢："世子，今日之恩，日后必当涌泉相报。"

　　轩辕吉星拱手回道："娘娘不必如此，臣也是碰巧在猎场遇到扭伤脚的太子，便顺手将殿下带了出来。"

　　轩辕容锦不放心地问："追你的那只野猪呢？你一个人是怎么从野猪口中逃生的？"

　　轩辕尔桀正要作答，蒋花若尖锐的哭闹声传了过来，她顶着哭肿的双眼闯到这边，指着轩辕尔桀破口大骂："天赐被野猪踩断双腿，都是你害的。你这个扫把星，我跟你拼了……"

　　赵景明和楚红雪随后追来，一把拦住疯狂的蒋花若。

　　其余众人听到这边骚乱，也纷纷围了过来。

　　轩辕赫玉提着药箱踱步而至，对哭闹不休的蒋花若说道："你儿子的腿是野猪踩断的，与本王的侄儿有什么关系？就算报仇，也该找那野猪报仇才是正理，别将无关之人牵扯进来。"

　　赵景明哭丧着脸问："七王，犬子那双腿，真的保不住了吗？"

　　轩辕赫玉事不关己地给出结论："保不住了，膝盖骨被踩成了碎渣，就算本王医术再高，也无法将碎掉的骨头重新拼接。能保住性命已经是万幸，听本王一句劝，回去后让人给太子打造一辆轮椅，有轮椅代步，他往后的日子还不算难过。"

要不是看在皇兄皇嫂的面子上，他才不会浪费时间去理会赵天赐那个倒霉孩子。

经他刚刚一番查看，赵天赐的境况委实有点惨，说到底，他也只不过是个孩子，身体发育还不健全，被几百斤的野猪狠狠踩上去，未长成的骨头碎得彻底，就算他想治，都无从下手。

蒋花若哪肯接受这样的说辞，她辛辛苦苦养大的儿子，可是庆国未来的皇帝，若儿子今后与轮椅相伴，岂不是要被夺去太子的尊荣？

儿子被抬回来时哭着说，他落得这种下场，都是拜黑阙太子轩辕尔桀所赐。

生死面前，蒋花若哪还顾得上身份的尊卑？叫嚷着非要向罪魁祸首讨个公道不可。

她指着轩辕尔桀痛斥："若不是你把天赐引入成人猎场，那野猪怎么会踩断他的双腿？真看不出你这小孩年纪不大，却一肚子坏水儿。天赐说，你们之前闹过矛盾，我想着，小孩子之间今天吵、明天好，算不得什么，哪承想你的心胸如此狭窄，竟趁狩猎之机，对天赐痛下毒手。现在他被你害得失去双腿，你满意了吧？"

被无端指责的轩辕尔桀整个人都蒙了，赵天赐真会无中生有、颠倒黑白。

楚红雪厉声斥道："蒋贵妃，你不要在众人面前信口开河，黑阙太子也是这起事件的受害者，我相信他的人品，不会为了孩童之间的一点矛盾，把天赐害到这种地步。这场事故，就是个意外。"

蒋花若尖叫："断腿的不是你儿子，你当然无所谓。"

凤九卿看不惯蒋花若像疯狗一样到处乱咬，出面说道："蒋贵妃，拿不出确凿证据前，劝你谨言慎行，切莫在大庭广众之下胡说八道。"

"证据？你要我拿什么证据？"

蒋花若指着不远处奄奄一息的赵天赐："我儿子被你儿子害成这样，你们黑阙必须给我一个满意的交代。"

轩辕容锦沉声问："不知你想要什么交代？"

"以眼还眼，以牙还牙，我儿子失去一双腿，罪魁祸首也别想置身事外。"

万飘飘听不下去，出言指责："蒋贵妃，你这个要求可有些过分。"

从惊吓中回过神的万金金也在这时候走了出来，一手指向赵天赐，当众说道："真正的罪魁祸首就是他自己，他提议去成人区狩猎，还逼着我们必须跟他一起去。轩辕太子担心我们出意外，苦口婆心地劝我们不要去，赵天赐说，不去的都是胆小鬼，大家只能打肿脸充胖子，以身涉险。那野猪是赵天赐自己招惹来的，明知道野猪危险，还把它引到我们这边，如果不是轩辕太子拿自己做诱饵，把野猪引至猎场深处，我们这些小孩子都会成为野猪的食物。"

其他小孩子听了这话，纷纷跟着点头认同。

众人你一言、我一语，把赵天赐逼他们入猎场涉险的经过如实供述。

长辈们听自家孩子这样一说，无不对赵天赐的恶行感到愤怒。

要不是万金金说出真相，他们也以为是黑阙太子把他们的孩子引入成人猎场，碍于黑阙太子地位尊贵，众人敢怒不敢言，心想着，反正自家小孩也没受伤，能忍则忍，实在不想得罪强者。

此时才得知，一切竟源于那位庆国太子，为了私人恩怨，将别人的生死置之度外，大概连老天爷都看不下去他的所作所为，才让那头野猪踩断了他的两条腿。

蒋花若岂能吃下这样的哑巴亏，她指着万金金痛骂："你胡说八道。"

万金金被吓得一哆嗦，躲到母亲身后，小声辩解："我才没有，这一切都是我们大家亲眼所见。"

蒋花若失声怒吼："别以为我不知道，你们这些小孩准备合起伙来欺负我儿子。"

万飘飘最看不起蒋花若这种女人，出了事，不在自己身上找原因，一味苛责别人，也不看看自己究竟是什么德行。

将饱受惊吓的女儿挡在身后，万飘飘瞪向蒋花若："如果你儿子真到

了被众人集体针对的地步，就该想想，是不是他平时做人失败，才落得被群起攻之的地步。蒋贵妃，你也是当娘的人，应该在孩子面前树立好的榜样。可你非但没有以身作则，还恶人先告状推卸责任。这次多亏轩辕太子挺身而出，才避免一场灾祸发生。否则，你儿子这双断腿，也弥补不了他犯下的过错。"

在万飘飘的带动之下，众人无不指责蒋花若为母不尊，教育失败，赵天赐落得这样的下场，就是搬起石头砸自己的脚，自作自受。

蒋花若丢得起这个人，堂堂庆国皇帝赵景明可丢不起这个人。

儿子被踩断双腿已经让他悲痛欲绝，蒋花若不顾颜面在大庭广众下闹得这样难看，到头来，被众人在背后指责的还是他这位庆国皇帝。

现在最重要的，是赶紧找名医医治天赐的双腿，庆国的储君可不能是一个坐在轮椅上的残废。

见蒋花若还要胡搅蛮缠，赵景明反手抽了她一巴掌，怒道："别闹了，不嫌丢人吗？要不是你把他宠得无法无天，他也不会胆大妄为，把自己害到这步田地。"

强行忍住心中的怒气，赵景明对众人说道："实在抱歉，破坏了大家狩猎的兴致，还望诸位，看在犬子双腿受伤的份上，莫再追究犬子的过错。"

他随后又看向轩辕容锦："恳请皇上调派御医，速速为我儿医治双腿。"

轩辕容锦的目光移向坐在人群中看热闹的轩辕赫玉，轩辕赫玉是真的在看热闹，边看边从果盘中揪几粒葡萄剥着吃。

"小七……"

轩辕容锦刚开口，就被轩辕赫玉抬手打断："皇兄，不是我不肯出手相帮，实在是我医术有限，只能保住他的性命，没办法保住他那两条腿。"

转而又对赵景明说："坐轮椅也没什么不好，别人站着他坐着，别人跪着他还坐着，这样的殊荣，可是让无数人求而不得呢。"

赵景明差点被气死，这是人能说出来的话吗?

凤九卿不想事情闹得太难看，对赵景明说道："你放心，此次随行数名御医，他们不会对赵太子的伤袖手旁观。速速把太子抬回帐篷，我这就吩咐御医前去医治。"

自请和离

一整天折腾下来，受到惊吓的众人都觉得疲惫异常，天色擦黑时，便回到各自的帐篷洗漱休息。

轩辕容锦单独把儿子留下来详细询问当时的情况，这次狩猎，孩子们没把侍卫带在身边是有原因的，幼童区危险性低，偶尔有几只小鸡小兔跑出来，对小孩子也不会有伤害性。

如果有侍卫陪在身边，反而会降低孩子们的狩猎乐趣。

没想到，这个小小的疏忽，险些酿成一场惨剧。

后怕之余，轩辕容锦对儿子闯入猎场的经历非常好奇，小孩子们七嘴八舌把踩断赵天赐双腿的野猪描述得像洪水猛兽一样可怕，尔桀今年只有六岁，就算跟武夫子学过功夫，凭他的本事，也不足以与野猪对抗。

他却能从野猪口中脱险，事后听吉星说，他带人赶到时，那头野猪已不见了踪影。

轩辕尔桀正要向父皇母后讲述在猎场遇到骑狮小姑娘的经历，忽然想到那小姑娘临走前嘱咐过他，不要把遇到她的事情对别人讲，溜到嘴边的话，又被他硬生生咽了下去。

可他是一个诚实的孩子，又不想欺骗父母，便硬着头皮说："这件事是儿臣心里的一个秘密，不能告诉父皇母后。"

轩辕容锦沉下俊脸："在朕面前，你竟敢隐瞒实情？"

　　凤九卿拍开容锦的手："儿子大了，有秘密不想与父母分享乃人之常情。尔桀平安脱险，才是最大的幸事。"

　　轩辕容锦没好气地说："这孩子小小年纪就胆大包天，敢拿自己当诱饵去撩拨危险的动物，这次算他运气好，逃过一劫，若有下次，谁敢保证他不会被野猪吃掉？"

　　口中说着训斥之言，九卿却听得出，容锦这是为儿子遇险感到后怕了。

　　她笑着安抚："尔桀有勇有谋，咱们做父母的，不该对儿子的所作所为感到骄傲吗？"

　　轩辕容锦重哼一声，面上恼怒，内心却是无比自豪。想到宾客们在散去之前无不对他黑阙太子赞扬有加，作为父亲，他怎么可能会不高兴？

　　他高兴归高兴，却承受不起这样的惊吓来第二次。儿子的勇气值得夸赞，为此搭上性命就得不偿失了。

　　正准备揪着儿子训斥几句，外面传来吵闹声，夹杂着女人的尖叫和嘶吼。

　　凤九卿让伺候在门外的宁儿过去打听情况，没一会儿，宁儿过来回复，庆国那位蒋贵妃不知发什么疯，把皇后楚红雪的头打破了。

　　这还得了！

　　凤九卿无法做到坐视不理，吩咐儿子赶紧去睡，自己则与同样不放心的轩辕容锦一同赶过去查看情况。

　　两人赶到现场时，不少客人已经围过来看热闹。

　　帐篷的大门是敞开的，蒋花若像个泼妇一样揪着楚红雪的头发对她连撕带打，赵景明沉着脸坐在一边不吭声，楚红雪自幼接受名媛教导，未曾与人动过手脚，武力方面，根本无法与蒋花若对抗。

　　她额头受创，鲜血几乎染红了她的半张脸。

　　其他人只是围在一边指指点点，只有凤九卿看不过眼，快步上前，用力扯开蒋花若，将楚红雪从她的魔掌下解救出来。

　　把楚红雪护在身后，凤九卿怒问："蒋贵妃，用这种无礼的方式对待

贵国皇后，可还懂得尊卑有别？"

蒋花若被凤九卿推得向后趔趄几步，站稳后，指着楚红雪失声指控："是她，这个贱人蓄谋已久，欲将我儿置于死地。现在天赐双腿已废，她终于如愿以偿了。楚红雪，你在人前真会演戏，多年来把自己塑造得雍容大度、无欲无求，却生了蛇蝎心肠，随时随地要夺人性命。天赐只是一个孩子啊！你这个恶毒的女人，怎么下得去狠手……"

凤九卿代众人发问："你怀疑赵太子出事，是贵国皇后所为？"

蒋花若红着眼睛吼道："并非怀疑，事实就是如此。"

"可拿得出确凿证据？"

"当然拿得出！"

早有准备的蒋花若将一只蓝色香囊丢了过去，凤九卿顺势接过，发现这香囊绣得极其精致，用的也是上好的面料，从精湛无比的绣工来看，这香囊应该出自楚红雪之手。

蒋花若指着香囊说道："看看里面都装了些什么歹毒玩意儿吧。"

凤九卿打开香囊，见里面塞着一团薄荷草，取出来时，一股淡淡的清香迎面扑来。

蒋花若唯恐天下不乱地说："好好的一只香囊，竟塞了这么多薄荷草。楚红雪，你把香囊送给天赐时，到底安的是什么心？谁不知道，野猪的嗅觉比人类灵敏，薄荷草又对动物有着致命的吸引力。我还奇怪你怎么会那样好心，来黑阙之前，专门绣了这只香囊送给天赐，原来打的竟是这样的主意。那野猪谁都不追，偏偏可着天赐一个人追，都是这只香囊作祟，才害得我儿失去双腿。"

说完，她扑向赵景明："皇上可要为我母子二人做主啊！"

赵景明被蒋花若挑起了怒气，厉声质问楚红雪："皇后，你可知罪？"

满身狼狈的楚红雪神色傲然地看向赵景明："皇上认为天赐双腿被废，可是我亲手所为？"

蒋花若指着香囊大声说："证据就在那儿摆着，你还敢矢口否认？"

楚红雪嗤笑一声："一只香囊就定我的罪，未免过于武断。"

蒋花若火上浇油："像你这种心思缜密之人，早在赵天养夭折那年，便对天赐存了必杀之心吧。"

赵天养这个名字被说出来时，楚红雪再也做不到无动于衷，眼泪夺眶而出。

凤九卿隐约猜到，蒋花若说的赵天养，十之八九便是楚红雪当年夭折的孩子。

对楚红雪来说，儿子的死，对她的打击是毁灭性的。

多年来，赵天养在庆国就是一个禁忌话题，自夭折之后再无人提起，此时却被蒋花若当成攻击的筹码，狠狠戳中楚红雪从未愈合的伤口。

她狠狠咽下心中的痛楚，再次看向赵景明："皇上，你还没回答我刚刚的问题。"

儿子发生了这样的变故，作为父亲，赵景明没办法再保持理智，他面无表情地说："你现在承认，我可以念在多年夫妻的情分上，留你一条生路。"

楚红雪忽然笑了："所以皇上认定天赐之伤，是我所为？"

"你有足够的动机对天赐置于死地。"

那一刻，楚红雪眼中的希望全部落空。

她万念俱灰地点了点头："皇上觉得是我做的，便是我做的吧。"

赵景明用力揪住楚红雪的衣领，怒不可遏地问："果然是你？"

"对，就是我！"

楚红雪笑得十分悲凉："天养和天赐都是你赵家骨血，你对两个儿子的态度却是天壤之别。当年，宫中圣物被人为损坏，你明知罪魁祸首是顽劣的天赐，他害怕受罚，故意将罪名扣到天养头上。作为父亲，你纵容天赐说谎，在严寒冬日，罚只有四岁的天养在雪中一跪便是三个时辰。天养体弱，回去之后便大病一场，不到三天就被病魔夺去性命。天养走的那天，你只是惋惜地皱了皱眉，连句道歉的话都不曾说过，他可是你的亲儿子啊，从小被教养得知书达礼，礼让兄弟，却为了赵天赐那个不成器的东

西而离开人世。"

众人闻言，无不瞠目结舌。

赵景明得多没脑子，才会对自己的儿子做出这种事？

楚红雪冷笑："你说得没错，我的确对赵天赐恨之入骨，一个德不配位的蠢货，有什么资格坐上太子之位？只有那个蠢货死了，我儿天养在天之灵才会安宁。"

"我要杀了你……"

蒋花若扑过来，便要对楚红雪再次责打，但被楚红雪捏住手腕，并反手抽了她一巴掌。

"我如今还贵为皇后，轮不到你一个当妾的在这里耀武扬威。"

赵景明扶住挨了一耳光的蒋花若，大步走来，抬手抽了楚红雪一巴掌："做了这种伤天害理之事，你以为还有资格继续坐在皇后的位置上？楚红雪你听好了，我要废后，你我夫妻之缘到此为止，未来岁月，便在冷宫了却此生吧。"

围观的众人无不心底发寒，为楚红雪感到不值。

虽然她承认赵天赐双腿被废是她做的，可赵景明宠妾灭妻，甚至为此废后的行为让众人对他心生不喜。

但凡他做人公平一点，也不会由着悲剧一个接一个地发生。

赵天赐固然可怜，可当年在雪地里夭折的那个四岁稚童呢？又有谁会为他感到可怜？

哀莫大于心死，被赵景明当众宣布自己的未来将在冷宫度过，楚红雪无视脸颊的麻痛，慢慢摘下发间的凤钗，丢到赵景明面前，道："这是十五岁那年你送我的定情信物。你说，戴上凤钗，我今后便是你的妻子，我们约好携手一生、不离不弃，直到天荒地老、海枯石烂。如今誓言已破，你我夫妻情分也已终止。赵景明，往后余生，各自珍重吧。"

"可真是一出精彩绝伦的虐心大戏啊……"

轩辕赫玉从人群中走过来，夺过凤九卿手中的香囊，凑到鼻尖嗅了嗅："庆国这位蒋贵妃果真玩了一手好牌，连薄荷草这种小玩意儿都能被

你利用得如此巧妙。略懂药理的人都知道，薄荷草味辛，有疏散风热、清头目、利咽喉、止痒祛疹的功效，那赵太子舌苔泛白厚重，证明他体内有湿，湿气大易起湿疹，将薄荷草佩戴在身边，可对他起到治疗作用。"

凤九卿连忙问："赵太子被野猪追赶，可是这薄荷草所致？"

轩辕赫玉吊儿郎当地说："野猪的嗅觉是比人类灵敏许多，薄荷草对动物的吸引力也确实存在。但是，薄荷草是一味良药，不会让好好的一头野猪陷入发狂的状态。通过在场小孩子的描述，那野猪的状态很不对劲，本王当时就在想，猎场里的动物平日都有专人喂养，为了迎接远道而来的贵客，差役会提前对有问题的动物进行驱赶，留下来的都是温驯不伤人的，那野猪无端发狂，问题究竟出在哪里。直到本王看到这只香囊，疑惑终于解开了。"

万飘飘迫不及待地问："这只香囊有问题？"

轩辕赫玉笑得很自负："香囊本身没有问题，有问题的是香囊上面残留的味道。"

说着，他将香囊里面的薄荷草全部丢掉，把香囊递给围观的众人："各位可以仔细闻闻。"

万飘飘接过香囊闻了片刻，皱着眉说："这味道，与蒋贵妃身上的香味一模一样。"

其余众人也接过香囊一一闻试，得出的结论与万飘飘大致相同。

蒋花若体带异香，鼻子敏感的人都闻得出来。女人对这个味道反应不大，男人闻到这个味道，免不得会心神异动、想入非非。

听到这里，凤九卿已隐隐明了事情的真相。

轩辕赫玉替众人解惑："这香味，由百世香炼制而成，百世香生长在严寒之地，属于剧毒的一种，市面上极其稀有，多少银子都买不到。由百世香提炼出来的精华只需涂上一点，便可留香百里，久久不散。这种香味，在远古时期被称之为禁忌之香，对雌性伤害微乎其微，对雄性的伤害却不可言喻，它可以让雄性随时随地有动情的欲望，久了，便会身体枯竭，衰减阳寿。"

轩辕赫玉意有所指地看了赵景明一眼，接着说："那野猪忽然发狂，想必就是这香囊搞的鬼。蒋贵妃，本王没猜错的话，香囊的香味是你弄上去的吧？可怜你那未及弱冠的儿子，小小年纪却被你间接害得失去双腿，真是造孽哟。"

蒋花若无论如何也没想到，事情会发生这样的逆转。

香囊的香味的确是她弄上去的，为了让儿子得到众人的关注，她才多此一举，把珍藏多年的秘香滴了一滴在香囊上面。

这个秘密只有她自己知道，哪承想，有朝一日会被轩辕赫玉公之于众。

被他这一说，她体带异香的谎言不是被当众揭穿了吗？

围观者都不是傻瓜，轩辕赫玉说得这么清楚，真相已经大白。

害赵天赐失去双腿的，根本不是无辜的楚红雪，而是不择手段的蒋花若。

蒋花若也真有本事，为了争宠，不但把枕边人的生死置之度外，连亲生儿子的死活也不在乎。

众人无不向赵景明投去同情的目光，与蒋花若朝夕相处这么多年，在秘香的坑害下，他的身体早已垮了吧？

听说庆国后宫的那些妃子多年无所出，还以为蒋花若手段高明，不给其他女子争宠的机会，如今看来，不是后宫女子生不出来，而是赵景明根本没本事让那些女子怀孕。

这下可好，唯一的儿子变成了残废，庆国的未来可有热闹看了。

从震惊中回过神的赵景明狠狠揪住蒋花若的头发，怒不可遏地问："七王说的是不是真的？你身上的香是致命之毒？"

蒋花若疼得直叫，拼命求饶："皇上，你听我说，事情不是这样的，我从未有过害你之心，我是爱你的……"

赵景明哪里听得进去？他成了众人面前最大的笑柄，而把他害到这步田地的，还是曾经他最宠爱的一个女人。

顾不得在人前维持帝王形象，此时的赵景明就像受激的野兽一般对着

蒋花若拳打脚踢。

轩辕容锦冲众人摆摆手，说道："事关庆国隐私，外人不好过多参与，大家都散了吧。"

言下之意，这种闲事最好不要多管。

万飘飘等人岂会不明白他话中的意思？蒋花若罪该万死，由赵景明收拾她，再合适不过。

临走之前，凤九卿将心如止水的楚红雪一并带走了。最可怜的就是楚红雪，把人生最美好的时光都给了赵景明，那个男人对她非但不珍惜，反而还为了一个恶毒的女人害得她母子天人永隔。

把御医召来帮楚红雪包扎完伤口，凤九卿私下问她对未来的打算。

蒋花若心怀鬼胎，想要趁机除掉楚红雪自己上位，没想到事情败露，在大庭广众之下被人揭下伪装的面具。

但凡赵景明还有点人性，也该知道接下来该怎么做，想必他之前说过的废后一事，应该已经不作数了。

"我已与他恩断义绝，从此桥归桥、路归路，一别两宽，各不相干。"

凤九卿诧异："这么多年的夫妻感情，你真的舍得？"

楚红雪苦笑一声："事已至此，我对他还有留恋的必要吗？"

换位思考，若凤九卿遇到赵景明那种人渣，也不可能再给他复合的机会。

凤九卿拍了拍楚红雪的手，真诚地说："需要帮忙时尽管开口，不管你做出什么选择，我都会无条件支持你。"

楚红雪满脸感激："谢谢……"

那天晚上，赵景明痛殴蒋花若之事在皇家猎场传得尽人皆知。

第二天清晨，众人听闻一个噩耗，蒋花若突生重病，暴毙身亡，尸体连夜被装进棺椁，准备运回庆国等候下葬。

每个人心中都很清楚，蒋花若根本没生重病，她是被赵景明活活打死的。

赵景明的所作所为，再次令人感到心寒，就算蒋花若心术不正，到底在他枕边陪伴了十几年，说打死就打死，比畜生还不如。

经此一事，赵景明突然念起楚红雪的好，想到年少时与楚红雪青梅竹马、两小无猜的时光，她的雍容大度和温柔体贴给他留下了无数美好回忆。

当赵景明想找楚红雪重修于好时，却发现她留给他一封和离书，书中写明，夫妻情分已到尽头，此次一别，后会无期，让赵景明从今以后不要再找她。

赵景明气坏了，当即便把和离书撕了个粉碎，还跑到轩辕容锦面前要他给出一个说法。

轩辕容锦被赵景明的无理取闹气笑了："脚长在楚皇后自己的腿上，她一心想走，谁又留得住她？有工夫在这里与朕叫嚣，不如立刻带人去寻找楚皇后的下落，那么好的女人被你活活逼走，你要多从自己身上找原因。"

赵景明气恼地说："自打踏上黑阙的地界，就没发生过一件好事，作为东道主，你们黑阙责无旁贷。"

轩辕容锦不甘示弱地出言反击："你下手打死蒋花若，给皇家猎场添了冤魂，也给朕爱妻的生辰带来了晦气，这笔账，朕也很想找你算一算。"

赵景明自知理亏，主要也不敢与轩辕容锦这样的强者为敌，色厉内荏地叫嚷了几句，当天夜里，便带着瘸了腿的赵天赐及庆国众随从，灰溜溜地离开了这块是非之地。

第一百一十六章 ✤ 法华寺亲缘再续

皇家祭祀

赵景明的离开，并没有影响其他人的狩猎兴趣。

此次来黑阙参加寿宴的客人在黑阙帝后的热情招待下玩得非常开心。

其间，轩辕容锦和凤九卿在众人面前展现出了最大的诚意，并当众提出，凡是愿意与黑阙保持长期利益合作的，黑阙将以同等的筹码回馈对方。

除了赵景明那个没脑子的蠢货会为了一个恶毒的女人把事情搞得一团糟，其余宾客都是人精，巴不得抱住黑阙的大腿，迫不及待地与黑阙签下长期合作的契约书，花齐国女皇万飘飘便成了这些人的首席代表。

离开前，凤九卿命人准备了不少黑阙特产作为礼物送给众人，大家从中得到了实惠，无不对此次黑阙之行感到满意。

送走了远道而来的客人，黑阙又恢复了以往的平静。

唯一的变化就是，轩辕容锦看中轩辕吉星在武器设计方面的天赋，加之不久前这位凛王世子把身陷险境的太子从猎场中带出来，为表感激，容锦在征求吉星的意愿后，将他留在京城，暂时安排到工部任职。

这样的安排令轩辕吉星万分惶恐，虽然他贵为世子，但自出生起，始终以闲散宗室生活在平阳城，从未任过一官半职。

此次入京，受到皇上赏识，得了一个颇有前途的差事，轩辕吉星受宠若惊，当即跪下给轩辕容锦行了一个君臣大礼："臣定会竭尽全力护卫朝

廷、效忠皇上，以报答陛下今日的提拔之恩。"

坐在御案前的轩辕容锦不便起身，隔空虚扶了一把："世子不必多礼，朕留你在京城任职，看中的是你的能力和天赋，好好干，假以时日，必将衣锦还乡，光耀门楣。"

同样被留在御书房中的贺明睿将轩辕吉星扶了起来，笑着说："世子，自今日起，你我便正式同朝为官，日后有用得到贺某的地方尽管开口，大家同僚一场，贺某必赴汤蹈火，鼎力相助。"

轩辕吉星连连道谢，又说了几句客套话，便在小太监的引领下，赶去工部正式办理入职手续。

轩辕吉星离开后，御书房只剩下轩辕容锦与贺明睿君臣二人。

步下御案，轩辕容锦出其不意地问道："你对朕留凛王世子在京赴职一事有何看法？"

贺明睿也不卖关子，直言道："皇上借提拔之名将世子殿下留在京中亲自考察，对此，臣自是静观其变，坐看后续发展。"

轩辕容锦撑不住笑了："你倒直接。"

贺明睿也跟着笑起来："君臣数年，臣若连皇上的眼色都看不懂，又有什么资格站在这里与皇上聊天？"

在贺明睿面前，轩辕容锦也愿意卸下伪装，现出真性情，他直言道："替朕看着点，有何异动及时汇报。若他是个明白人，朕自然会委以重任，否则，就休怪朕对他不客气。"

贺明睿拱手："臣领旨。"

狩猎之后，皇家即将迎来一年一度的祭祖仪式。

身为一国之母，凤九卿本该为了这场仪式忙前忙后，可轩辕容锦发现，她最近行踪不定，神出鬼没，连武力高强的暗卫都逮不到她的身影。

这日，轩辕容锦专挑凤九卿不在的时候提早回寝宫，倒要看看爱妻究竟在忙些什么。

接近傍晚，奔波一天的凤九卿终于回来了。

看到容锦这个时辰出现在寝宫，她脸上闪过诧异之色，不解地问：

"还有两天便是皇家祭祀的日子，每年这个时候，你都要忙到天黑才会回寝宫吧？"

轩辕容锦皱起眉头："同样的问题，朕也很想问问你。"

他上上下下打量着凤九卿身上的出行便装，忍不住问："你出宫了？"

见躲不过去，凤九卿便大方承认："对，出了一趟。"

轩辕容锦忍不住冷哼："朕从不拿宫规束缚你，你也要自律一些，别让多嘴多舌之人抓到把柄。贵为皇后，你的一言一行备受瞩目，随随便便出入宫门，你让别人如何评价？"

凤九卿看出他脸上已浮出隐隐的怒气，笑着挽住他的手臂，主动告饶道："出宫办了一件小事，已经办完了，我向你保证，今后没有重要的事情，绝对不会再贸然出宫。晚膳吃了吗？没吃的话，我们一起，在外面折腾一天，肚子都快饿扁了。"

换作从前，被凤九卿哄劝几句，轩辕容锦也就稀里糊涂不计较了。可这次她偷偷摸摸往宫外溜，而且溜了不止一趟，他心中实在很不舒服。

轩辕容锦锲而不舍地追问："什么小事，竟劳烦堂堂皇后三番五次往宫外跑？"

凤九卿干笑一声："不足挂齿的小事而已，我就不讲出来浪费皇上宝贵的时间了。"

轩辕容锦强势地用双臂将她困在方寸之间，咄咄逼人地说："朕必须知道，你若不招，朕就下令，治龙御宫所有的奴才一个看守不当之罪，每人重责五十大板，立即执行。"

凤九卿没好气地反问："看守不当？我什么时候成了你的囚犯了？"

轩辕容锦故意沉下脸，逼问道："招还是不招？"

凤九卿颇为无奈，只能坦诚相告："我受楚红雪所托，帮她找了一座寺庙带发修行。"

轩辕容锦大吃一惊："楚红雪在我黑阙境内并未离开？"

"嗯……"

"九卿，这么大的事，你为何不告知朕？"

凤九卿笑得很没底气："也不算什么大事吧，她已写下和离书与赵景明一拍两散，孑然一身无处可去，便拜托我帮她寻一处栖身之地。我答应过她，需要帮忙时尽管开口，她开了口，我自然要帮，食言不是我做人的风格，便在她的要求下，为她寻了座寺庙暂时落脚。"

轩辕容锦训斥道："她的身份是庆国皇后，你把身份这么敏感的人留在黑阙，若日后被赵景明知道了，定要跑来黑阙吵闹。九卿，这种是非，咱们不能随意招惹。"

"赵景明当众废后，你我有目共睹……"

"那不过是男人在失去理智时说的气话，朕看得出来，他对楚红雪仍旧有情。"

凤九卿哼笑一声："有情？用那种方式当众折辱结发妻子，这种男人不要也罢。"

"你这是意气用事，不计后果，赵景明人品再差，也是一国皇帝，从楚红雪被抬入庆国后宫那刻起，生死都是赵家人，自己哪来的权利决定是去是留？古往今来，男尊女卑，就算楚红雪受了天大的委屈，在皇权、君权、夫权面前，她也得乖乖受着，没有资格反抗。"

凤九卿被他这番言论气笑了，一把将他推开，腾地站起身："去他的男尊女卑！那赵景明宠妾灭妻，还把楚红雪唯一的骨肉活活害死，这种男人不是东西！楚红雪好好的一个大活人，凭什么要把自己的一生浪费在这种人渣身上？"

她发脾气的模样，倒勾起轩辕容锦心中许多旧时回忆。

原本该教训她的一意孤行，他却被她瞪眼骂人的样子逗笑了。

轩辕容锦拦腰把她抱坐在桌子上，好言哄道："朕不过说你几句，你何至于气成这副模样？好了好了，既然楚红雪已经被你安排妥当，朕今后不再多问。若赵景明哪天查到楚红雪的下落追来黑阙与朕闹，朕舍身奉陪便是。赵景明对楚红雪做的那些缺德事，朕对你可是半点做不出来。你为了赵景明那个人渣连朕一同恨，对朕来说可不公平。"

凤九卿也意识到自己刚刚过于激动了，容锦那番话虽然难听却没有错，她改变得了自己的想法，却改变不了天下人的想法，何必为了不相干的事，给自己找气受呢？

相处多年，夫妻二人都已学会谦让之道，偶尔争执过后，感情会变得更加浓烈。

可怜在寝宫门口伺候的宫女和太监们，听到皇上皇后发生争吵，还以为又会像上次大动干戈。每次帝后感情遇阻，他们这些当下人的就要夹紧尾巴小心做人，心想着，也不知这次会闹到何种地步。

没想到两位主子前一刻还针锋相对，下一刻便吩咐厨房准备晚膳，说说笑笑地坐在一起把酒言欢，真让众人操碎了心。

荣祯九年十月十五，帝后携朝中大臣来法华寺举办祭祀活动。

在位数载的轩辕容锦对这种场合早已驾轻就熟，但他知道凤九卿不喜欢参加这种仪式，虽然戴着凤冠，穿着凤袍，看上去颇有气势，但那身装束又大又沉，尤其那顶华丽的凤冠，戴得久了，比上刑还痛苦。所以仪式进行到一半，舍不得妻子受苦的轩辕容锦就以皇后身体不适为由，让宁儿扶凤九卿去禅房休息。

凤九卿与法华寺缘分不浅，母亲的牌位一年四季供在这里，她每年在母亲的忌日都会来法华寺给母亲上香，偶尔还会抽几天空闲时间来寺中清修，因此，法华寺的住持早些年便命人给皇后娘娘打扫出一间专用的禅房供她休息。

总算把身上的累赘全部脱掉，凤九卿从柜子里翻出便装，换好后，溜达到相识数年的老朋友苦无大师的房间找他喝茶。

见凤九卿不请自来，正在屋内自己跟自己下棋玩的苦无笑着冲她招招手："就猜到你今日会来，正好缺个对手与我对弈，看看这盘棋还有没有得解。"

凤九卿也不客气，在苦无对面坐下来，拿过茶杯，拎起茶壶，自顾自倒了杯清茶独饮。

扫了一眼桌上的棋局，她给出结论："死局！"

苦无笑问："这么快就宣布死局，都不为自己争取一下吗？"

凤九卿啜了口茶，好心提醒："你误会了，我说你那边才是死局。"

"怎么可能？"

凤九卿挪动棋子，放在一个让苦无意想不到的位置，戏谑地问："大师，再看看当今局势，可还有半分胜算？"

苦无眉头紧锁，对着棋盘研究半晌，忍不住长叹一声："哎呀，竟然输了，明明该我方得胜的，怎会发生这种逆转？"

凤九卿调侃："大师修习佛法，心怀善念，不忍生灵涂炭，只想普度众生，设局时束手束脚，不敢大开杀戒，因看不到外面危机四伏，才遭了对手暗算，落得一败涂地。"

苦无大笑："多日不见，皇后胡说八道的功力又增进了许多。"

"多谢夸奖。"

苦无瞪她一眼："我这是夸？"

凤九卿厚着脸皮说："只要出自大师之口，字字珠玑、句句真言，乃世间不可多求的无价之宝。"

苦无无可奈何地摇了摇头，给她续了一杯茶："这个时辰，祭祀仪式还未结束，你又偷懒，跑来我这里打发时间。"

凤九卿不在意："每年都要诵读一长串没用的祭词，无趣得紧，我听得都快睡着了。"

"也就是皇上宠你，才由着你任性妄为。小太子丁点儿大的孩子，还稳稳跪在那里听训呢。"

"他是未来的储君，适当吃些苦受些罪，于他日后也有好处。大师，我难得有空来你这里躲躲清闲，你就别把那些规矩搬出来对我说教了。有酒吗？喝两杯怎么样？这茶太清淡，喝着没意思。"

苦无念了一句"阿弥陀佛"："佛门乃清修之地，喝酒成何体统？"

凤九卿调侃："上次来，我在你的柜子里看到了好几坛梨花白……"

苦无赶紧劝她打住，瞧周围没有闲杂人等，才半怒半嗔地警告："这

种大逆不道的话，能随便说吗？"

半个时辰后，凤九卿和苦无一人举着一只酒杯，聊得不亦乐乎。

算了算，祭祀的流程就快结束了，凤九卿将杯中最后一口酒喝掉，对苦无说："我该走了，得空咱们再聚。"

"等等！"

苦无叫住她的脚步，思忖再三，说道："我观你近日会有一劫，劝你凡事小心，切莫大意。"

凤九卿愣怔片刻，问："可有化解之法？"

苦无笑了笑："所有的劫数皆是修行，没有修行，哪来的成长？与其寻求化解之法，不如坦然面对，在坎坷的磨砺下让自己变得更强大。"

凤九卿拱了拱手："那便多谢大师点化了。"

走出苦无大师的禅房，宁儿迎过来汇报："再有一刻钟，祭祀仪式便会结束，奴婢这就伺候娘娘回房更衣。"

凤九卿摆了摆手："不必麻烦，仪式结束，咱们直接回宫。"

宁儿担心地问："大臣那边会不会背后说娘娘闲话？"

凤九卿毫不在意："他们一个个都是人精，岂会猜不到我躲起来的真相？我躲了，于他们也不是全无好处，可以缩短仪式的时间，他们心里都在偷着乐呢，哪来的闲工夫说我闲话。就算说，也传不到我面前，自有皇上在前面兜着。"

宁儿忍笑："娘娘真是把人心捏得死死的，奴婢实在佩服。"

主仆二人正闲聊着，瞥见不远处一个衣着华丽的年轻妇人，正与一个身穿粗衣的中年妇人吵架。

中年妇人虽上了年纪，容貌却极其美艳，即使粗衣粗裤，也掩饰不住她的天生丽质。

莫名的，凤九卿觉得那张脸似曾相识，究竟在哪里见过，一时之间又想不起来。

隐约听那年轻妇人冷嘲热讽："若非当年你没安好心，岂会落得这般下场？现在后悔已经晚了。"

中年妇人似被说到痛处，举起手便朝年轻妇人的脸颊抽过去，手挥至半空，被年轻妇人一把拦住，并用力推了一把。

中年妇人重心不稳，竟被年轻妇人推倒在地，当场便大哭起来，十分狼狈。

凤九卿拦住一个小沙弥，指着争吵的两个妇人问道："小师父，可知那边二人是何来历？"

小沙弥虽然不认得凤九卿，但从她眉宇间的气势来看，隐约猜出她来历不凡，他朝那边张望一眼，回了一个僧礼："阿弥陀佛，回施主，那位年长些的，是寺中一位香客，曾经给寺院捐了几次香油钱，不久前因家中变故流落在外，住持看她可怜，便挪了一间禅房给她居住。年纪轻的那位是她儿媳，婚后因生不出儿子而被婆婆嫌弃，婆婆怂恿她儿子纳妾再娶，儿子初时偏帮母亲，几个月前，儿媳终于生下男丁，她儿子性情大变，不但处处维护妻子，还与妻子联手把母亲赶出家门。"

小沙弥讲述时，那婆媳二人还在吵闹。

宁儿看不惯儿媳所为，急着冲过去抱打不平，被凤九卿一把拦下。

凤九卿对小沙弥说道："多谢告知，去忙吧，不打扰了。"

小沙弥又回了一个僧礼，才转身离去。

宁儿急着说："娘娘，我黑阙向来以孝治天下，那媳妇的行为实在过分，就算她婆婆当初有错，如今已嫁为人妇，仗着自己生了儿子便对婆婆动手动脚、大呼小叫，简直泼辣无比、有违伦常。"

凤九卿不疾不徐地说："看事情不要只看表面，凡事都有两面性，你认为对的，未必没错，你认为错的，未必不对。"

"娘娘何意？"

凤九卿在她头上轻拍了一下："笨蛋，就是警告你在不了解真相之前，不要贸然多管闲事。"

想到苦无之前对她的警告，凤九卿不想招惹麻烦，便冲宁儿做了个手势，说道："祭祀仪式就快结束，回宫吧。"

亲人归来

烦琐又费时的皇家祭祀圆满结束，劳累一天的轩辕容锦在洗去一身疲惫后，躺在床上一动也不想动。

他眯着眼抱怨："也不知哪位祖宗制定的规矩，每年都要来这么一场，不但劳民伤财，还把人折腾得死去活来。"

凤九卿体贴地帮他按揉着太阳穴，边按边说："这么反感祭祀仪式，直接下令取消就好，也省得每年都要遭一次活罪。"

轩辕容锦轻哼："说得倒容易，一旦朕下令取消祭祀，朝中那些食古不化的老家伙定会抓着这件事对朕说教，朕可没工夫听他们唠叨。再说，朕身强体壮，这点儿折磨对朕来说不足挂齿，真正叫苦不迭的是那些满口礼义廉耻的老头子，一把年纪，还要顶着太阳在法华寺一跪便是好几个时辰，也不知回去后要躺几天才能下床。"

凤九卿忍俊不禁："我看你就是故意憋坏，借祭祀之机整治大臣。"

轩辕容锦睁开双眼："他们无时无刻不把祖宗家法挂在嘴边对朕说教，朕不过是成全了他们，怎么能说是故意整治？"

凤九卿也不反驳，继续帮他舒筋活络。

"九卿，你借休息之机离开的那段时间，有没有去拜访苦无？"

"去了！"

"探讨佛法？"

"下了一盘棋，喝了一壶酒，聊聊寺中有趣的八卦。"

轩辕容锦笑问："你揭穿苦无大师寺中饮酒，他就没在一怒之下把你赶走？"

"他巴不得我这个酒友陪他多饮几杯呢。"

"嗯，苦无这老家伙也算得上是法华寺的一个奇人。"

思忖片刻，轩辕容锦又问："除了饮酒聊八卦，就没跟你说些别的？"

想到临别时苦无给她的那些忠告，凤九卿欲言又止，不知该如何向容锦开口。

她与苦无相识数载，知道苦无从不打妄语，他说自己会有劫难，劫难就一定会在近日发生。

凤九卿犹豫了片刻，还是将到嘴的话咽回了肚子里，容锦身为一国之君，日日夜夜为国事操劳，实在不想给他增添没必要的烦恼，惹得两人都不开心。

她便笑着答道："只聊了一些彼此的近况，多余的倒并未多说。"

轩辕容锦松了口气："没说就好，朕每次见到这老家伙都心惊胆战，就怕他又预测出什么灾什么祸，好不容易过了几天安稳日子，朕可不想再折腾了。"

凤九卿面上带笑，心底却掀起了惊涛骇浪。因为她也不知道，苦无口中的那个劫数到底会带来怎样的灾难。

翌日，凤九卿像往常一样早起后开始忙碌手边的宫务，到了下午，小福子急急忙忙跑来汇报，皇上有令，让她立刻去一趟会客殿——沈贵妃流落在外的妹妹，也就是皇上的姨母沈若兰，在半个时辰前被接进了皇宫。

这个消息，令凤九卿倍感意外，不久前，容锦才说过要派人寻找沈若兰的下落，这才几天工夫，就把人找到了？

凤九卿匆匆来到会客殿时，轩辕容锦已在此等候多时，轩辕尔桀、轩辕赫玉、尹红绡、轩辕灵儿，以及凛王世子轩辕吉星也都在。

众人见了凤九卿，齐齐过来行礼打招呼。

凤九卿捏了捏灵儿越来越圆润的小脸蛋，夸了句"小郡主最近又长高了"，把灵儿高兴得咯咯直笑。

轩辕容锦拉着凤九卿的手，对她说："朕把姨母接进宫了，你来见见。"

大人们要谈正事，轩辕尔桀很懂事地把灵儿拉到了自己的身边。

凤九卿被容锦引进内厅，随即看到一张熟悉的面孔，竟是那日在法华寺被儿媳妇恶意刁难的中年妇人。

难怪在法华寺看到她时，总觉得这张脸似曾相识，换上宫装后才发现，这中年妇人的五官与贵妃沈若梅果真有六七分相似之处。

轩辕容锦为两人引荐："姨母，这便是朕明媒正娶的皇后凤九卿。九卿，她是朕母妃的妹妹沈若兰，也是与朕有血缘关系的嫡亲姨母。"

沈若兰连忙迎过来，上上下下打量着凤九卿，赞叹道："不愧是一国之母，这等姿容和气度，果然气度非凡，威仪四射。老身拜见皇后娘娘，娘娘千岁千岁千千岁……"说着便要下跪叩拜，被眼疾手快的凤九卿一手拦住。

虽然君臣有别，这中年妇人到底是容锦的姨母，作为小辈，她实在不好意思受她大礼。

"关起门来都是一家人，不必去讲那些繁文缛节。"

凤九卿扶沈若兰坐了下来，才询问起事情的始末，轩辕容锦说："此事多亏凛王世子，要不是他在法华寺发现姨母的踪迹，恐怕朕直到现在还寻不到姨母。这件事，朕得好好谢谢世子。"

轩辕吉星赶紧回道："皇上不必与臣客气，臣幼时随父王进宫面圣，因身体孱弱，被同龄孩子欺负，幸得沈贵妃出手相帮，才免受不少皮肉之苦。沈贵妃容貌惊人，贤良淑德，给臣留下了深刻的记忆。法华寺祭祀那天，臣因身体不适提前退场，在寺中偶遇一位香客，观她容貌，竟与记忆中的沈贵妃相差无几。今日下朝后与皇上提及此事，皇上当即便命人去法华寺一探究竟。果然查到，这位香客正是沈贵妃失踪多年的亲生姐妹。"

轩辕赫玉对这位突然冒出来的姨母不太感兴趣，从他屁股贴到椅子上

开始，便捧着花齐国女皇进贡的水果埋头苦吃。

这些美味的水果他七王府也分到了不少，都被他跟贪嘴的灵儿吃光了。

七王妃尹红绡看不惯轩辕赫玉的幼稚行为，趁人不备，对着他的胳膊拧了几把，疼得毫无防备的轩辕赫玉"嗷"的一声惨叫。

屋内所有人都朝轩辕赫玉望过去，轩辕赫玉无辜地摆摆手："我不是故意的，我是被人陷害的。"

轩辕灵儿拍手笑道："是娘亲掐了爹爹，哈哈，爹爹好笨。"

天底下最会坑爹娘的，非灵儿莫属。

尹红绡羞红了一张脸，连忙解释："一场误会。"她心底则暗骂，这个没有眼力见儿的夫君从踏进宫门那刻起就坐在那里大吃大喝，真是丢死人了。

轩辕容锦和凤九卿都知道轩辕赫玉是什么德行，指望他像其他人一样圆滑世故，真是太高看这位七王了。他自幼被宠得无法无天，做事向来我行我素，得他眼缘的人能跟人家多聊几句，不得眼缘的，一个字都懒得跟人说。

沈若兰从迈进宫门就开始哭哭啼啼，抱怨儿子媳妇有多不孝，自己的婚姻有多不幸，一辈子过得有多凄苦。

轩辕赫玉最不耐烦听这些家长里短，对这位突然冒出来的姨母也没有多少喜爱之情。

轩辕容锦对这个不成器的弟弟没什么指望，把他一家三口叫进宫，不过是来认认亲。

细问之下，凤九卿才得知，沈若兰和沈若梅并非同母所生，沈若兰的生母是沈老爷子的妾，生下女儿没多久便病逝了，从小到大，沈若兰一直养在沈夫人名下，沈夫人心善，把她当成亲生女儿来养。

沈若兰对沈夫人非常感激，所以当年轩辕腾悔婚时，沈若兰虽然懊恼姐姐抢了她的夫婿，念在沈夫人养育自己一场的分儿上，不敢对姐姐有半分怨恨。

不怨归不怨，到底丢不起那个人，她便离家出走，投奔远亲，后来在亲戚的介绍下嫁到一户姓周的人家。

成亲后，过了几年消停日子，因为一直生不出孩子，渐渐被夫家嫌弃，后来才被大夫告知，身体有问题的不是沈若兰，而是她丈夫。

周家丢不起这个人，便从亲戚家里抱了一个孩子给小夫妻当儿子，孩子取名周海昌，在夫妻的教养之下渐渐长大。

八年前，沈若兰的丈夫因病离世，她与儿子相依为命，几年前，给周海昌娶了媳妇儿，便是之前在法华寺折辱过她的年轻妇人。

沈若兰讲述的版本中，自从媳妇嫁进周家大门，便伙同儿子周海昌欺负她这个寡母，自己多年来一忍再忍，非但没有让儿子回头，反而让他越来越得寸进尺，甚至把她赶出了家门。幸亏法华寺住持看她可怜，为她提供落脚之处，否则，沈若兰还有没有命活到现在都是未知。哭着把来龙去脉交代清楚，沈若兰跪到容锦面前哀求："求皇上做主，给老身一条生路吧。"

容锦连忙把人扶起，说道："姨母放心，你是母妃的妹妹，也是朕的亲人，只要你愿意，可以留在宫中长住，朕会派人照料你的日常起居。九卿，你觉得如何？"

凤九卿自然没有异议，点头说道："景福宫环境不错，让姨母住在那里怎么样？"

轩辕容锦点头："你看着安排就好。"

为了让沈若兰在宫中得到重视，轩辕容锦下令，以夫人之尊来称呼沈若兰。

这个称呼，给了沈若兰极大的尊重，仅次于太后与太妃，在后宫的地位非比寻常。

这天晌午，小厨房做了许多糕点，凤九卿一一尝过之后觉得味道不错，便吩咐宁儿去尚书房请太子过来陪她一起吃。

轩辕尔桀和他爹一样，对这些甜腻腻的东西不感兴趣，但他不忍拒绝母后一番心意，便丢下手边的功课，陪母后吃点心。

品尝了几口，轩辕尔桀发现点心的味道很是特别，便饶有兴致地多吃了几块。

凤九卿笑着问："好吃吗？"

轩辕尔桀幸福地点头："好吃！母后，这点心的馅是如何做的？儿臣以前都没吃过。"

"都是些晒干的水果，不甜不腻，味道正好，小孩子吃了也不会牙痛。"

轩辕尔桀连忙提议："这种美味，儿臣不能独自享用，得留出几块给连城和灵儿当零嘴。"

凤九卿摸摸儿子的头发："已经装进食盒，派人给他们送过去了。"

轩辕尔桀咧嘴一笑："多谢母后。"

凤九卿很欣赏儿子这种无私的行为，但凡有好吃的好玩的，都不忘分给小伙伴。

母子俩闲聊了几句，尔桀忽然问："母后，景福宫的那位姨祖母，会常住宫中吗？"

凤九卿不解："怎么忽然问起这个？"

"就是随便问一问。"

"她是你父皇的姨母，也是你父皇在世上为数不多的亲人之一，如今无家可归，你父皇把她留在宫中照顾，也是作为晚辈的孝道。你皇祖母去得早，导致你父皇小小年纪便失去母亲的庇佑，给他留下无数伤痛。姨祖母和祖母容貌相似，你父皇看到她，也会勾起许多幼时回忆。"

"父皇是大人，也需要母亲庇佑吗？"

"无论多大年纪，都会渴求父母的疼爱。"

轩辕尔桀天真地问："母后会想念远在太华山的外公吗？"

凤九卿点了点头："血缘亲情最难割舍，说不想念，那是自欺欺人。"

"既如此，母后为何不把外公接进宫里来住？外公博学多才，待儿臣极好，可惜长年住在太华山，想见一面都难如登天，如果把外公接进宫，

儿臣就可以天天跟他一起玩了。"

凤九卿失笑："你外公自由惯了，适应不了宫中的生活。若你想他，待哪天得空，我带你去太华山拜见外公。"

轩辕尔桀被勾起了兴致，扯着凤九卿的衣襟说："咱们明日便去太华山好吗？"

凤九卿正要说他异想天开，宁儿便过来汇报："娘娘，沈夫人那边出事了。"

将儿子打发去尚书房读书，凤九卿匆匆赶去了景福宫，就见沈若兰红着双眼，一边哭，一边用丝帕拭去眼角的泪水。

在景福宫伺候的宫女跪了一地，一个个诚惶诚恐，似乎被眼前的局势吓得不轻。

景福宫的大宫女名叫玉芬，地位与宁儿一样，很得凤九卿信任。

担心怠慢了这位沈夫人，凤九卿专程把手脚利落又懂得看人眼色的玉芬派到这边亲自伺候沈若兰。

此时，玉芬也与其他宫女一样，跪在地上不知所措。

凤九卿问道："玉芬，你来说，究竟发生了什么事？"

玉芬为难地说："晌午，沈夫人想吃甜品，奴婢便派人去御膳房准备，送过来的是一碗红豆汤圆，不知何故，看到这碗汤圆时，沈夫人痛哭失声，还指责奴婢等人心怀不轨，要用这碗汤圆把她害死。娘娘，奴婢是冤枉的。"

凤九卿听得云里雾里，不明白一碗汤圆怎么就惹出了麻烦事。

这时，听闻消息的轩辕容锦也赶来了景福宫，得知姨母被身边伺候的宫女气哭了，不由分说，便要下令把几个不懂事的宫女架出去打板子。

凤九卿连忙阻止："事情查明之前，不宜用刑。皇上，你冲动了。"

被凤九卿一提醒，轩辕容锦才意识到自己确实冲动了。

平日里他最不耐烦管后宫的事情，只要有人犯错，不管谁是谁非，丢出去打一顿就好，但凡挨过打的，保证下次不敢再犯同样的错误。

直到凤九卿接管后宫政务，才一点一点地将规矩立起来。

轩辕容锦笑着哄道："是朕逾越了。"

皇上诚恳道歉的态度，让一旁委屈得直流泪的沈若兰倍感诧异，忍不住便把心中的疑问说了出来："偌大的皇宫，难道不是皇上做主？"

轩辕容锦解释："九卿才是后宫的女主人，涉及后宫杂务，当由皇后做主，朕不便插手过问。"

沈若兰点了点头："原以为皇上在这宫里头说一不二，竟是我误解了。"

凤九卿颇有兴味地看向沈若兰，这句话状似说得无辜，要是容锦多心，免不得会受她挑拨，对她这个皇后生出忌惮。

压下心中的猜忌，凤九卿问道："姨母，这碗汤圆是不是犯了您的忌讳？"

提到汤圆，沈若兰又哭了起来，哽咽着："都怪我多思，想起当日患病时久卧榻前，我那歹毒的儿媳明知道我胃肠不好，一天三顿给我煮红豆汤圆，吃得我险些一命归西。如今看到这红豆汤圆，我不禁想起当日那些糟心往事，这才不受控制地对这些宫女发了脾气，闹出这许多事端，还请皇上皇后不要怪罪。"

轩辕容锦当然不可能因为这点小事怪罪沈若兰，既然是虚惊一场，也就没必要再发落这些无知的宫女。

因为还有公务在身，只待了片刻，容锦便回了御书房。

临走前，他向沈若兰承诺，会派人把她那不孝的儿子和儿媳揪过来当面给她磕头道歉。

凤九卿多留了一会儿，好言安慰几句，也带着宁儿离开了。

从景福宫走出来时，宁儿小声嘀咕："这沈夫人，可是不一般呢。"

凤九卿似笑非笑地问："此话怎讲？"

宁儿连忙垂下头："奴婢不敢说。"

"你我之间有什么敢不敢的，想说什么，直说便是。"

想了想，宁儿说出心中的想法："沈夫人看似娇美柔弱、人畜无害，心机却非我等凡人所能猜测。方才在景福宫，娘娘因驳斥皇上越权，那沈

夫人便当着众人的面揪住这个由头给娘娘难堪。得亏皇上是明事理之人，若换成那庆国天子，保不齐就着了她的道，被她算计了。奴婢虽然久居深宫，却也知道民间一些当婆婆的，总想仗着长辈的身份来拿捏自己的媳妇。先前在法华寺还同情她遭恶媳辱骂，如今想来，还是娘娘有先见之明，及时阻止奴婢去管那桩闲事。奴婢要是没猜错，这沈夫人，仗着是皇上的姨母，想给娘娘立规矩呢。"

凤九卿莞尔一笑："这以后的日子啊，可值得我好好期待了。"

第一百一十七章 迎长者宫中设宴

虚与委蛇

为了给姨母讨回公道，轩辕容锦派人去捉拿周海昌夫妇，无论如何也要让这两人吃些教训，再当面给沈若兰磕头认错。

结果当他派去的人闯进周海昌夫妇的住所时，夫妻二人已经带着嗷嗷待哺的孩子连夜逃离了京城。

凤九卿得知此事时提出质疑："这夫妻俩为何要逃？"

轩辕容锦很是震怒："还能为何，怕朕使出雷霆手段，对他夫妻施以报复呗。"

"可是这不合常理啊。"

凤九卿把玩着折扇在殿内踱步，慢条斯理地说："沈若兰如今已变成皇帝的姨母，从姨母的讲述中得知，周海昌靠祖产为生，仕途方面并无作为，但凡他有点上进心，在得知养母当下的地位后，也该夹起尾巴来巴结奉承，没道理选在这个时候逃离京城。"

轩辕容锦冷笑一声："那两个狼心狗肺的东西定是做了亏心事，才在事发后仓促逃离。"

凤九卿不置可否，总觉得事情不似表面看来那么简单。

轩辕容锦从柜子里翻出一卷画轴，摊在桌面上慢慢展开，这是一幅美人图，沈贵妃年轻时的音容笑貌一览无遗。

"九卿你看，姨母的容貌是不是与母妃有许多相似之处？"

凤九卿朝画卷上扫量几眼，年轻时的沈贵妃，真可谓人间绝色，难怪轩辕腾和轩辕毅两任皇帝都对她一见倾心。这段过往在当年是尽人皆知，才貌惊人的沈若梅连续嫁了两任帝王，轩辕腾爱她如命，轩辕毅疼她入骨，可想而知，沈若梅该是怎样一位奇女子。

沈若兰的姿色自然也不差，但与沈若梅相比就逊色许多了，充其量就是形似而神不似。

不忍打击他的积极性，凤九卿笑着哄道："的确很像。"

轩辕容锦无比怀念地看着母亲的画像，感慨道："若母妃现在还健在，容颜也会变得如姨母这样，被无情的岁月染上痕迹了吧。"

凤九卿明白他在睹物思人，子欲养而亲不待，乃世间最大的遗憾，他将对亡母的思念转移到姨母身上，对于一个自幼在感情上有所缺失的人来说倒是不足为奇。

安抚地拍拍容锦的肩膀，凤九卿劝道："以后的日子还长着，我们有大把时间孝敬姨母，曾经的伤痛也会随着时间的流逝被慢慢遗忘，人活着，还是得向前看才有光明和希望。"

轩辕容锦点了点头："是朕欠考虑了，一味地沉浸在丧母之痛中难以自拔，却忘了你幼时的经历与朕所差无几，你我二人是从小就失去娘亲的可怜孩子。如今总算苦尽甘来，不该没完没了地缅怀过去，而是该活在当下，珍惜眼前，做一对尽职的父母，别让儿子在亲情上有所缺失，免得日后徒留遗憾。"

这番话听得凤九卿心中舒坦，记忆中那个嚣张跋扈又不可一世的轩辕容锦，在时光的洗礼下，渐渐懂得了为人夫、为人父应尽的责任和义务，再也不是初见时那个冷血残佞、心狠薄情的四王殿下。

虽然心中对沈若兰的到来有所忌惮，冲着容锦的面子，该尽孝道时，凤九卿绝不会让人挑出半点过错。

从沈若兰的讲述不难听出，流落在外的这些年，她吃了很多苦，受了很多罪，好不容易养大的儿子还在成亲之后同恶媳联手把自己赶出家门。

为了弥补沈若兰心中的缺失，凤九卿每隔几日便派人往景福宫送礼物，布匹绸缎、金银首饰数不胜数，尽最大的努力让沈若兰在宫中住得舒服自在。

这天，与凤九卿颇有几分交情的一位老朋友托人往皇宫送了不少深海中的珍宝，有五颜六色的珍贝、价值连城的夜明珠，以及天下大多数女人都爱不释手的深海珍珠。

凤九卿从收到的礼物中匀出一些，亲自送到景福宫。

看到这么多奇珍异宝摆在眼前，沈若兰眼中盛满了光芒，忍不住问："这些都是送给我的？"

这些身外之物对凤九卿并没有太大的吸引力，见沈若兰喜欢，便笑着说："都是些小玩意儿，姨母不嫌弃就好。"

"此乃皇后娘娘一番心意，我怎么可能会嫌弃呢？"

沈若兰无比爱慕地将一颗颗华丽的珍珠拿在手中把玩，这些珍珠个头极大，圆润饱满，色泽明艳，随便一颗拿到市面，也能值几百两银子。还有那一颗颗璀璨夺目的夜明珠，有价无市，是妥妥的奇珍异宝，却被凤九卿说成不值一提的小玩意儿。

沈若兰又是羡慕，又是嫉妒，心中暗想，凤九卿不愧是一朝国母，天生的富贵命，纵有金山银山摆在眼前，她也不会为之动容吧？

沈若兰爱财表现得这样明显，凤九卿反而觉得并非坏事，这种人最好收买，只要隔三岔五给些小恩小惠，你开心，我放心，彼此都过得舒心。

经过数日相处，沈若兰渐渐摸清了凤九卿的脾气，这位皇后娘娘在钱财方面并不吝啬，私下往来时，也极少把"规矩"二字挂在嘴边，总的来说，两人相处得还算融洽。

凤九卿每次来景福宫做客，沈若兰都会拉着她叙家常，不厌其烦地讲述自己的过往，痛斥养子夫妇蛇蝎心肠，不顾二十几年的养育之恩，日后早晚会遭到报应。偶尔也会回忆年幼时与父母、姐姐相处时的快乐时光，她与姐姐虽然不是同母所出，身材样貌却极其相似，小时候，见过姐妹俩的人都说，她们就像同一个娘生的双胞胎。

可惜她的命没有姐姐好，姐姐嫁进皇宫，享受荣华富贵，就连生出来

的儿子都如此有出息，最终成为万民之尊。

反观自己，命运多舛、婚姻不顺，连亲生子嗣都不配拥有，到头来还是借了姐姐的光，被外甥接进后宫奉养。

凤九卿尽量让自己做一个合格的倾听者，在沈若兰痛斥养子时好言安慰，在她追忆往昔时唏嘘感慨。

忙完公务的轩辕容锦听说九卿在景福宫做客，也在空闲之余赶了过来。

皇上驾临，景福宫上上下下都跪地迎接，唯有凤九卿岿然不动，捧着茶杯有一口没一口地喝着茶水。

对此，轩辕容锦毫不在意，扶起跪地请安的沈若兰后，在凤九卿身边坐了下来。

凤九卿杯中的茶水正好喝完，无意识地将茶杯举到容锦面前，容锦提起茶壶，斟满茶水，亲昵地说："朕闻这茶的味道，像雨前龙井。"

凤九卿笑着说："你的嗅觉越发灵敏了。"将杯子递到他面前，她随意地问："尝一尝？"

"朕不喜欢这个口味。"

"就你嘴刁，偏爱喝那碧螺春，都多少年了，也不嫌腻歪。"

轩辕容锦调侃："朕这叫专一。"

凤九卿回击："明明就是矫情。"

两人你来我往的相处方式，看在沈若兰眼中，就像恩爱的小情侣在打情骂俏。

周围的宫女早已见怪不怪，沈若兰心里却极不是滋味。早就听说皇后独得皇上恩宠。宠到连规矩都不讲的地步，倒让沈若兰大开眼界。

轩辕容锦并没注意到沈若兰的神色变化，瞟了一眼盛放在绸缎礼盒中的珍珠首饰，诧异地说："这些珍珠，应该来自深海吧？"

"吉祥岛的产物，端木家族的人送来的。我瞧这些珍珠成色不错，便挑了一些，给姨母送过来。"

凤九卿这般细心，让轩辕容锦很是感动。

　　在这方面，男人始终不及女人贴心，就算孝敬长辈，也想不到那么长远，以为提供住处和吃穿便是对长辈最好的照顾，倒把人情往来这些细节忘得一干二净。

　　幸亏凤九卿想得周到，三五不时来景福宫坐坐，也算替他在姨母面前尽孝了。

　　他随手拈起几颗珍珠，赞叹道："有资格被端木家族当成礼物送进宫的，皆是不凡之物。姨母若喜欢，朕日后再派人多送来一些。"

　　沈若兰好奇地问："不知这端木家族是什么来头？"

　　轩辕容锦简单解释："是来自大海深处的一个部落，统治着大片海域，不受任何国家管制。现任族长与九卿之间有几分交情，每隔一年半载，便会差人往宫中送些礼物，对普通百姓来说这些东西价值不菲，对端木家族来说，都是些不值钱的小玩意儿。"

　　沈若兰继续追问："不知这端木家族的族长年龄几何，是男是女？"

　　轩辕容锦也没多想，"有资格坐在族长位置上的，自然是男性，年纪与朕相差不多。"

　　沈若兰干笑一声："看来是我误解了，毕竟礼物是冲着皇后送的，还以为端木家族的族长是一位女子。"

　　不但凤九卿听出了弦外之音，在旁边伺候的宁儿也听出了沈若兰话中有话。

　　这么明显的挑唆，摆明了在告诉众人，凤九卿与端木家族的那位族长之间有非同一般的关系。

　　轩辕容锦面露不悦，自从沈若兰被接进宫中，他不止一次发现这位姨母不太会讲话。

　　起初，自己念及她身世可怜不予计较，心里想着只要善待对方，早晚会被亲情感化，成为真正的一家人。

　　此时听沈若兰拿男女私情来点拨九卿，无形中触到了容锦的逆鳞，他与九卿风雨同舟这么多年，彼此的情意早已渗透骨髓，岂是外人三言两语就能破坏的？

因为不想撕破脸，轩辕容锦耐着性子解释："姨母的确多虑了，端木族长当年得到过九卿的帮助，为表心中感激，多年来一直与我黑阙维持着君子之交。何况九卿并非闺阁女子，曾与朕上过战场、对抗过敌人，聊得来的朋友遍布天下。若朕拿宫规礼仪束缚九卿，倒显得朕心胸狭窄，鼠目寸光。"

言下之意，即只有心胸狭窄、鼠目寸光的人才会动不动就拿男女之间那点儿私情来说事儿。

沈若兰面上带笑，心中已是惊涛骇浪。

她不过随口问上几句，却被皇上劈头盖脸数落一顿，平白让周围的宫女看去了笑话。

幸亏小福子在门口汇报，说贺丞相有要事求见皇上，轩辕容锦才没有留在景福宫继续为难沈若兰。

皇上走了，被无端指责一顿的沈若兰郁结难平，见凤九卿稳稳地坐在那里品着茶水，她满眼羡慕："看得出来，皇上与皇后之间的感情极好。"

凤九卿说道："夫妻多年，早已适应彼此的依附。"

沈若兰忍不住起了几分说教的心思，语重心长地说："即便如此，也要懂得尊卑有别。他毕竟是皇上，一国之君，万民之首，任何人见了他都得下跪，这是老祖宗多年来留下的规矩。若皇后仗着皇上的宠爱便把繁文缛节抛至脑后，不但显得皇后没有教养，也会让外面的人嘲笑咱们黑阙皇宫不讲规矩。"

嗬！这就开始立规矩了？

一心护主的宁儿觉得沈若兰简直有病，也不看看自己的处境，居然仗着长辈的身份，对一国之母说教，她不会把自己当成皇上的娘，试图用婆母的身份来欺压皇后吧？

凤九卿老神在在地端着茶杯继续喝茶，听沈若兰说教完，抬起目光看了她一眼，皮笑肉不笑地说："姨母不必杞人忧天，我与皇上自有我们的相处模式，若哪天皇上看不惯我的所作所为，只要他开口，我自会给他一

个交代。毕竟……"

凤九卿淡定自若地用杯盖扫去杯中的浮叶，露出一个极自负的笑容："当年是皇上哭着求着把我娶进宫门的，我凤九卿从来不把荣华富贵放在眼中，只怜惜他一番深情，才愿屈居宫廷与他做伴。如果哪天缘分尽了，分开就好，谁没了谁，都可以好好活下去。姨母，你说是不是这个理儿？"

沈若兰被凤九卿这番大胆的言论吓到了，还来不及反应，就见凤九卿放下茶杯，优雅起身，掸了掸衣襟上并不存在的灰尘，对身边的宫女说："宁儿，该回去了。姨母，回头得空再来探望你。"

不给沈若兰反应的机会，凤九卿已经带着宁儿潇洒离去。

留下沈若兰黑着一张脸，哭也不是，气也不是，还要被周围的宫女看笑话。

这凤九卿牙尖嘴利，不知皇上看中她哪一点，将这么厉害的女子娶进宫门，也不知皇上有没有后悔。

那天之后，凤九卿还是一如既往地派人往景福宫送东西，自己却不再登门。

沈若兰也不在意，每天在宫中养尊处优，过着衣来伸手、饭来张口的舒坦日子，没多久，便养得白白嫩嫩，容光焕发。

这天午后，沈若兰在宫女的陪伴下逛御花园，行至鱼塘边时，猛然看到一只白虎，正懒洋洋地趴在草丛里晒太阳。

那白虎身形庞大，体格健硕，黑白相间的虎毛在阳光的照耀下熠熠生辉。

许是被阳光晒得太舒服，白老虎抻了抻四肢，张开虎口，打了一个大大的哈欠，一口锋利的虎牙展露无遗。

沈若兰只是个弱女子，哪里见过这种庞然大物？那白老虎与她只有咫尺之遥，突然张大了嘴，把沈若兰吓得花容失色。

情急之下，她拾起手边一只花盆，不由分说地朝白老虎丢了过去。

这一丢可不要紧，毫无防备的白老虎因躲闪不及，被砸到了爪子，虽然没有致命伤害，还是痛得它虎啸一声。

它恶狠狠地瞪向沈若兰，眼中凶光骤现，似要将沈若兰生吞活剥。

沈若兰被吓得连连后退，根本不听宫女们的劝阻，指着白老虎便高喊救命。

玉芬扶住沈若兰解释："沈夫人莫怕，它叫尔白，是皇后养在宫中的宠物……"

沈若兰哪里听得进去，尖叫着大喊："什么宠物，明明就是吃人的怪兽，你们看，它朝我追来了……"

一步步向这边走来的白老虎，把沈若兰吓得魂不附体，由于过度紧张，她竟在毫无防备之下跌入鱼塘。

眼下已是初冬季节，就算水面还未结冰，池水也冰寒刺骨，把沈若兰冻得浑身打战。

宫女们七手八脚地把她从鱼塘中捞出来时，沈若兰已经被水呛得奄奄一息。

出了这样的事，轩辕容锦和凤九卿都被惊动了，放下手中的公务，匆匆赶来景福宫一探虚实。

得知事情发生的始末，轩辕容锦震怒，以保护不周为由，罚几个宫女每人三十大板。

出了这么大的事，凤九卿想替玉芬等人求情都很难。

再怎么不见得沈若兰，她也是容锦的姨母，如今落水，差点丢了半条命，旁边伺候的宫女们必须为她们的失责付出代价。

都是娇娇弱弱的姑娘家，禁不起廷杖的厉害，三十板子下去，不死也残，只能暗示行刑的侍卫手下留情，别把人打废了。

轩辕赫玉被请进景福宫时，就看到院子里趴了一地受刑的宫女，在板子的肆虐下哭嚎不止。

轩辕赫玉叹息一声，提着药箱步入宫门，才发现受训的不仅是那些宫女，就连轩辕尔桀也为此遭受了无妄之灾。

只因为尔白是尔桀带进御花园的，因今日外面阳光十足，午休之后，尔桀见尔白趴在鱼塘边睡得正香，便独自回了尚书房，把尔白留在御花园里继续睡。

没想到这个小小的疏忽，竟闯下这样的弥天大祸。

听说姨祖母因为尔白几乎丢了半条命，尔桀也是大吃一惊，此时，正跪在地上被父皇训斥。

轩辕赫玉看不过去，进门劝道："皇兄，差不多得了啊，尔桀又不是故意的，你罚他跪在这里算怎么回事？"

说着他上前扶了侄子一把："去书房读书吧，现在还不到下学的时间，别为了这点小事，把该学的课程耽误了。"

轩辕尔桀跪在那里没有动弹，轩辕赫玉又拉了他一把，没好气地说道："你这小孩，怎么跟你爹一样固执？又不是你的错，跪在这里算怎么回事？皇嫂，你倒是说句话啊。"

凤九卿坐在一旁并不多嘴，她不认同容锦的行为，却也不会当众反驳，只能摊摊手，表示自己爱莫能助。

发了通脾气，轩辕容锦的气也消了大半，挥了挥手，让受罚的轩辕尔桀先行起来，才对轩辕赫玉说道："姨母体弱，又在冷水中泡了那么久，染上风寒在所难免，现在人躺在床上神志不清，朕不放心那些御医，便叫你进宫给姨母诊治。"

"行，交给我吧。"

轩辕赫玉提着药箱走向床边，才发现沈若兰的脸色惨白如纸，也难怪皇兄大发雷霆，唯一的长辈被害得这么惨，那些守护不当的宫女果然该罚。

饶是如此，轩辕赫玉对这个突然冒出来的姨母还是生不出半点同情，只把她当成普通病人来对待。

迷迷糊糊中，沈若兰看到轩辕赫玉向这自己走来，眼中露出警惕之意，虚弱地喊道："皇上，皇上……"

轩辕容锦行至榻前，关切地说："小七是朕请进宫给姨母看病的。"

　　沈若兰用力摆手："他年纪太轻，我不信他，烦请皇上让年岁大些的御医帮我瞧瞧。"

　　轩辕赫玉翻了个白眼，没好气地说："医术方面，本王是那些御医的祖宗。"

　　沈若兰更加抗拒："皇上，我不信他，我不信他……"

　　轩辕赫玉来了脾气，恼怒地说："不信拉倒，求我看，我还不给你看了呢。"

　　说完，他拎起药箱，甩袖离去。

　　轩辕容锦没办法，只能把其他御医找过来为姨母瞧病，御医们得出的结论大致相同，受惊过度，染了风寒，得仔细调理些日子才能恢复。

　　灌了一碗驱寒的姜汤，沈若兰的脸色渐渐红润起来，这才想起之前的恐惧，揪着轩辕容锦的衣襟哭泣："抱歉，又给皇上添麻烦了，实在是那只老虎太过可怕，我当时被吓坏了，才会失足落水，给皇上皇后徒惹是非。"

　　轩辕容锦安慰："那只虎一直养在虎园，是尔桀顽皮，趁午休时把它带去御花园玩耍，走时还把它留在那里，才在疏于防范下让姨母遭受了这样的无妄之灾。尔桀，还不过来向姨祖母赔罪？"

　　被提溜过来的轩辕尔桀不情不愿地说："姨祖母，对不起。"

　　轩辕容锦在儿子头上轻敲了一记："朕平日怎么教你的？给人道歉要拿出诚意。"

　　轩辕尔桀小声反驳："尔白也受了伤，爪子都被砸出血了。"

　　沈若兰又哭出声来："我当时并不知道那只虎是皇后养的，还在想，谁会把那么可怕的庞然大物带进宫中？它龇牙嚎叫的样子真是吓死人了。"

　　轩辕尔桀冷着小脸道："尔白不会主动攻击人，除非被攻击的那个人想要伤害它。"

　　轩辕容锦斥道："尔桀，在长辈面前，别坏了规矩。"

　　轩辕尔桀被骂得很不服气。

轩辕容锦还要再训，看不过去的凤九卿走过来阻止："尔桀把尔白带进御花园时，未曾想过它会伤人，无缘无故给尔桀定罪，对他来说并不公平。姨母受到惊吓是不假，如果她不用花盆砸伤尔白，也不会发生这起事故。皇上，你贵为一国之君，断案可要做到公正。"

凤九卿本来不想发火，既然沈若兰认识不到自己的错误，她就从中帮衬一把，让沈若兰尽快看清眼前的现实，也提醒容锦清醒一些，别为了所谓的亲情，把身边所有的人都招惹了。

冷静之后，容锦也觉得凤九卿说得没错。

养了尔白这么多年，这只白老虎确实不曾主动伤人，听说它被沈若兰用花盆砸伤，他心里也很难受。尔白不但是九卿的心头肉，也是他轩辕容锦心尖上的宝贝，怎能任人随意欺辱？

既然沈若兰没什么大碍，这件事就这么翻篇吧。

唯一的变化就是，那些受罚的宫女因为伤势严重，暂时回到住所休养，凤九卿又调派了一批新的宫女，去景福宫伺候沈若兰起居。

童言无忌

沈若兰身体恢复之后，轩辕容锦举办了一场小型宫宴，接到邀请的都是容锦与九卿的至亲好友，七王一家、丞相一家，以及刚在京城任职不久的凛王世子轩辕吉星。

轩辕容锦请众人进宫的目的也很简单，沈若兰是母族那边的至亲，沈贵妃又在遗书中千叮咛万嘱咐，让儿子找到姨母之后好好照顾。

世上只有两个女人可以让容锦言听计从，除了爱妻凤九卿，便是生母沈若梅。

为了不负母妃所托，轩辕容锦决定善待这位姨母，希望身边的亲人和朋友也把沈若兰视为长辈，给予她敬慕与尊重。

沈若兰已经在宫中适应多时，容锦觉得时机已差不多，便挑了一个良辰吉日，把至亲好友请至宫中，借饮宴之机，好好联络彼此的情谊。

在自家人面前，轩辕容锦从来不摆帝王的架子，像好兄长、好朋友一样尽情招待客人。

唯一的生面孔，当数新加入的轩辕吉星。

好在轩辕吉星并不是多嘴之人，知道什么话该说，什么话不该说，他那张娃娃脸又很有亲和力，小孩子们都喜欢跟他玩，有了吉星的加入，宴会的气氛倒是很快地热络起来。

凤九卿与尹红绡、顾若绫私交甚笃，自有讲不完的话题。

　　早在沈若兰被接进皇宫的第一天，便与七王妃打过交道，只是那时彼此不熟，轩辕赫玉又极少进宫与姨母打交道，连带着七王妃与沈若兰接触的机会也少之又少。

　　借这次设宴之机，凤九卿正式将两人引见给沈若兰。

　　沈若兰自来熟地拉住尹红绡的手，笑着说："上次见面，也没能坐在一起多聊几句，原来你就是七王的媳妇，倒是难得一见的美人儿。不知家中父母可还安好？兄弟姐妹相处得如何？"

　　尹红绡赶紧回道："爹娘膝下只有我一个女儿，二老现住在外省，身体尚且康健，劳烦姨母惦记了。"

　　沈若兰笑了笑："这么说，你是远嫁来京城的？"

　　"是啊姨母，算算年头，与七王成亲已有五年之久了。"

　　"五年啊，够长远的，给七王生了几个孩子？"

　　尹红绡指了指不远处正在玩耍的轩辕灵儿："就生了这么一个宝贝，被她爹宠得无法无天。"说着，朝轩辕灵儿招了招手："灵儿快过来，给姨祖母请安。"

　　轩辕灵儿屁颠屁颠地跑过来，随她一起过来的，还有贺明睿家的儿子贺连城。

　　两个小家伙手拉着手，远远望去，妥妥就是一对金童玉女，小模样生得煞是可爱。

　　来到近前，轩辕灵儿眨着一双水汪汪的大眼睛看向沈若兰，嘴甜地说道："灵儿见过姨祖母。"

　　这是沈若兰第一次这么近距离地端详轩辕灵儿，仔细打量她的眉眼，不禁惊叹："这孩子长得跟她皇祖母小时候倒是极像。我那姐姐真是命苦，大好年纪便香消玉殒，若她还活着，看到两个儿子都已成亲，还生下这么漂亮的孩子，不知要高兴成什么样子……"

　　提到已故的沈贵妃，气氛变得异常尴尬。

　　在场的这些人，只听说过沈贵妃的大名，从未见过她的本尊，沈若兰动不动就搬出沈贵妃，其他人实在不知该如何接口。

还是凤九卿机智地把场面拉回来："我见过婆母的画像,她膝下两个儿子,只有小七长得像娘。灵儿的样貌随了她父亲,所以姨母才会觉得灵儿与她皇祖母幼时有许多相似之处。"

在凤九卿的周旋之下,沈贵妃缘何早逝的这个话题被轻描淡写地岔了过去。

沈若兰又将目光移向贺连城:"这孩子……"

顾若绫笑着说:"回沈夫人,这是犬子,名叫连城。"

沈若兰恍然大悟:"原来是贺丞相的公子,几岁了?"

顾若绫连忙回道:"今年六岁,比太子殿下略小一些。"

沈若兰的视线停留在贺连城和轩辕灵儿拉在一起的小手上,眼眸中闪过一抹不认同的光芒。

凤九卿看出沈若兰的心思,解释道:"灵儿与连城自幼一起长大,两个小家伙青梅竹马,形影不离,是众人眼中的金童玉女。"

沈若兰好奇地问:"莫非两家已经定亲了?"

顾若绫和尹红绡这两个当娘的都因这个问题闹了一个大红脸。

尹红绡说:"孩子还小,定不定亲,也要看日后有没有在一起的缘分。"

沈若兰摆出长辈的架势:"既如此,平时就该注意些分寸,毕竟男女授受不亲,灵儿又是皇家的郡主,万一日后另嫁他人,被夫家知道她与别的男子拉拉扯扯,免不得要被夫家嫌弃。更重要的是,也会折损皇家的颜面。"

贺连城更紧地握住灵儿的手,生怕松开,身边的小丫头就会消失不见。

沈若兰这番做派,令凤九卿越来越厌恶,顾若绫和尹红绡脸上的笑容也渐渐撑不下去了。

这沈若兰,真是破坏气氛的一把能手。

不识愁滋味的轩辕灵儿小鼻子嗅了嗅,忽然说:"我闻到了麻黄和白芷的味道,这屋子里有谁生病了吗?"

凤九卿很是意外，问尹红绡："灵儿的鼻子这么灵吗？"

尹红绡干笑一声："整日与她爹待在一起，别的没学会，倒把她爹药房里的那些药名倒背如流。"

顾若绫夸赞："灵儿这孩子真是越发聪明了。"

被夸的明明是轩辕灵儿，拉着她小手的贺连城却挺起小胸脯，一副与有荣焉的样子。

沈若兰诧异："我早起时喝了一碗汤药，这都过去了几个时辰，还闻得出味道？"

轩辕灵儿脆生生地回道："汤药味浓，只要喝过、碰过，味道就会残留在衣裳上，最长可以保持十二个时辰。我可以根据味道大致判断出药的名字，麻黄和白芷都是治疗风寒的，姨祖母之前应该是染过风寒吧？"

灵儿这番话，令在场众人无不称奇，小丫头只有几岁大，却有这种逆天的本事，长大后肯定了不得。

沈若兰僵着嘴角夸赞："灵儿真厉害。"

轩辕灵儿指向不远处与贺明睿把酒言欢的轩辕赫玉，骄傲地说："我爹爹才厉害，他的医术天下第一，无人能及。"

凤九卿添了把油："若姨母信任小七的医术，你的病也不会多拖这些时日。御医们只会下温良的方子，小七却擅长对症下药。"

沈若兰脸色变得更加难看，想到那日她计较轩辕赫玉年纪太轻，硬生生把他赶走的画面，只能硬着头皮解释："我那日也是烧糊涂了，平白辜负了七王一番心意。"

轩辕灵儿好奇地问："姨祖母为何生病？"

想到那只白老虎，沈若兰直到现在还感到后怕，便带着情绪说："姨祖母是被一只可怕的白老虎吓病的。"

轩辕灵儿立刻反应过来，"可怕的白老虎？您说的是尔白吗？"

沈若兰对尔白这个名字并不陌生，生病这几日总听人提起，那只叫尔白的老虎，是凤九卿当年收养的虎崽子，一晃数年，当年的小虎崽已经长成威风凛凛的成年猛虎。

不管白老虎是何来历，把她害得大病一场是不争的事实，她没办法对可怕的怪兽心存好感，于是便说："就是那只名叫尔白的大老虎。"

轩辕灵儿不高兴地嘟起嘴巴："尔白温驯可爱，不会伤人，定是姨祖母招惹了尔白，尔白才会反击报复。"

尹红绡连忙捂住女儿的嘴，低声斥责："灵儿，姨祖母面前，不得放肆。"

轩辕灵儿推开娘亲的手，振振有词："我说的都是事实啊，尔白从来不欺负人，被它欺负的一定都是讨厌的坏人。"

凤九卿在心中给灵儿竖起了大拇指，她有理由怀疑灵儿就是故意的。

尹红绡却被吓得面色大变。都怪自己没有在女儿面前做个好榜样，平日里有什么心里话想说便说，不太会顾及别人的感受。身边的亲戚朋友都知道她快言快语，没有坏心思，所以并不与她计较。

但沈若兰是长辈，之前又差点被尔白吓得丢掉半条命，灵儿这样说，等于当众给沈若兰难堪，这麻烦可就大了。

果不其然，被指责是坏人的沈若兰脸上再无半点笑意。

轩辕灵儿这孩子可爱是可爱，这张利嘴却是一点都不讨人喜欢。

不远处正在聊天的男人似乎察觉到这边的气氛不太对劲，纷纷止住话题，朝沈若兰这边望过来。

尹红绡不知该如何应付这样的场面，急得都快要哭出来。

向来很有主见的顾若绫也没了头绪，生怕沈若兰抓住此事怪罪灵儿。

轩辕灵儿不知死活地问："莫不是我说错了什么？"

凤九卿摸了摸灵儿的头发，云淡风轻地笑了一声："灵儿还是个不懂事的小孩子，正所谓童言无忌，就算灵儿说错了什么，姨祖母也不会与你计较的。姨母，您说对吗？"

凤九卿将话头甩给沈若兰，她倒要看看，当一个不会说话的遇到另一个不会说话的，该如何应对眼前的局面。

凤九卿这招以其人之道还治其人之身用得极好，沈若兰一把年纪，又在这么多人的注视之下，还真是拿灵儿这个小丫头毫无办法，只能自认倒

嗨嗨

霉地说：“童言无忌，童言无忌，来来，大家继续吃饭吧。”

一场危机被轻易化解，尹红绡万分感激凤九卿出手相帮，否则，她们母女二人注定要把沈若兰得罪个彻底了。

为了让更多的京中权贵认识沈若兰，容锦拜托凤九卿寻个合适的机会，将沈若兰引见给京城圈的贵妇千金，也让大家知道，当今皇上还有一位至亲姨母尚在人世。

凤九卿虽然不爱处理这些人际交往，该她出面的时候，却从不推拒。

择日不如撞日，家宴的第二天，凤九卿便派人去各个府中递送帖子，京城四品以上官员家的女眷，地位够得上的，都要进宫给皇后请安。

当然，给皇后请安只是借口，借请安的机会将京中权贵引见给沈若兰才是最终目的。

一大早，沈若兰就把自己打扮得庄重又体面，想着到时候接见朝廷命妇时，定要给那些人留下一个深刻的印象。

她可是皇上的姨母，在后宫的地位堪比太后，就算是一品诰命，也得在她面前伏低做小。

沈若兰心里美滋滋的，来到奉天殿才发现，就算她是皇上的姨母，按照宫规礼仪，在这种场合见到皇后，也得像其他命妇一样屈膝下跪。

凤九卿平时与沈若兰见面，都会免去这些俗礼，时间久了，沈若兰已经忘了见到皇后还要下跪。

要不是身边宫女提醒，沈若兰就要在众人面前闹笑话了。

奉天殿是皇家用来招待客人的宫殿，平日爱穿便装的凤九卿，每次在奉天殿出现，都避免不了盛装出席。

繁复的凤袍、华丽的凤冠，将凤九卿衬托得英气逼人。

沈若兰慑于凤九卿不怒自威的气势，与众人一同跪下行礼问安。

直到这一刻，沈若兰才意识到，在森严的宫规面前，就算她是皇上的姨母，也渺小得如同一只蝼蚁。

今天这场聚会的主要目的是把沈若兰引见给这些宾客，在奉天殿受完众人的大礼，凤九卿简单应酬了几句，便以宫务缠身为由提前离去，把主

场交给了沈若兰。

凤九卿一走，沈若兰瞬间成了贵妇千金争先恐后巴结的对象，皇上用这种张扬的方式把她引见到众人面前，就差敲锣打鼓告诉众人，这位沈夫人在后宫的地位可以与太后相比肩了。

被这么多朝廷命妇围着巴结，沈若兰的虚荣心得到了莫大的满足，簇拥在她身边的千金小姐中，有一个叫周碧妍的年轻女子引起了沈若兰的注意。

与那些十五六岁的待嫁姑娘相比，周碧妍明显比她们年长许多，可周碧妍在穿着和发饰方面，仍作待嫁少女的打扮。

仔细观瞧周碧妍的长相，圆圆的脸蛋，圆圆的眼睛，一张俏颜生得喜庆，随随便便几句话便把沈若兰哄得眉开眼笑。

旁边一个上了年纪的妇人打趣："沈夫人和周三小姐聊得这样投机，不知情的人还当你们二人是母女呢。别说，细看周三小姐的眉眼，与沈夫人倒真有六七分相似之处。"

周碧妍连忙说道："李夫人快别拿我寻开心，沈夫人是什么身份，岂是我这种小门小户人家的女儿可以随意攀附的？"

沈若兰笑着说："兵部尚书家的千金，可不是什么小门小户。周三小姐，别怪我说话直接，你看上去年纪已经不小，直到现在还没许配夫家吗？"

黑阙的女子出嫁前和出嫁后在发饰和穿着方面都有明显的区别。周碧妍是否待字闺中，外人一眼就能看出。

旁边的李夫人忍不住多嘴："这周三小姐也是可怜，几年前许给了高大人家的二公子，两人快要成亲时，高大人患病离世，在衙门任职的高二公子为父丁忧，这一等就是整三年。好不容易丁忧结束，高二公子出京办差时遇到劫匪，去年夏天人就没了。周三小姐的婚事一拖再拖，竟拖到了今天这把年纪。"

沈若兰不禁唏嘘，嘴里念叨："倒真是个可怜的孩子。"

李夫人叹了口气："说起来，七王没成亲之前，皇上可是动过把周三

小姐许给七王的念头。两人年纪相当，个性相投，男未婚女未嫁那会儿，七王对周三小姐很是照顾，那年周三小姐生病，还是七王去府上给医好的。可惜两人没那个缘分，如今七王的女儿都四岁了，周三小姐还待字闺中，条件好的嫌她年纪大，条件差的她又看不上。唉，真真可惜了这么一位好姑娘。"

几人说话的工夫，尹红绡和顾若绫手挽着手来到这边给沈若兰请安。

沈若兰那张明显带笑的脸，看到尹红绡时笑意消减了几分。

尹红绡神经比较大条，没发现沈若兰表情变了，笑着问："姨母与李夫人和周小姐在聊什么有趣的话题？"

沈若兰皮笑肉不笑地说："我们在聊周三小姐，她这模样一看就是个有福气的姑娘，若日后嫁人，定能给夫家生下一个大胖小子。毕竟啊，为人妻子，要是不能给夫家传宗接代，延续香火，就是不忠不孝，罪过一桩。"

第一百一十八章　讨公道大闹宫廷

七王发威

在药房忙碌一天的轩辕赫玉踏入房门，就见尹红绡埋着头在屋内整理衣裳细软。

轩辕赫玉不解地问："红绡，你要出门啊？"

尹红绡动作一顿，连忙用衣袖拭去眼角的泪痕，故作不在意地点了点头："嗯，回娘家住几日，灵儿跟我一起走，明日一早便启程。"

"无缘无故的，你回娘家做什么？"

走近了，轩辕赫玉才发现她双眼红肿，眼角处还挂着泪痕，这才意识到事情的不对劲，一把揪住她的手腕，咄咄逼人地问："谁把你惹哭了？"

尹红绡用力挣了两下，闹着性子说："没有谁，眼睛里进了沙子，我自己揉的。"

轩辕赫玉哼笑："京城这几日无风，哪里有什么沙子？你说实话，到底怎么回事？"

"都说了没事。"

尹红绡孩子气地推了他一把："你整日捣鼓药房里的那些瓶瓶罐罐，何曾注意过我的感受？成亲这些年，你日日陪在我身边的时间屈指可数，在我看来，你生命中最重要的根本不是妻子和女儿，而是那些不知从哪里挖来的破草药。我就在想，要是当年跟你成亲的另有其人，你心底其实也

是不在意的吧？"

　　莫名挨了一顿数落的轩辕赫玉觉得今日的尹红绡简直无理取闹，他将妻子整理好的行囊全部倒出来，骂道："你们女人有事没事就爱伤春悲秋，日子每天都这么过，不知道你又在矫情什么。要是觉得没事干，就去丞相府找贺夫人喝喝茶、叙叙旧，你们姐妹自幼交好，如今一起嫁到京城，父母亲人不在身边时，正好与对方做个伴，挺好的日子，非要闹腾。动不动就使性子回娘家，路途遥远，你一个手无缚鸡之力的女人，遇到危险怎么办？你不怕死，本王还担心灵儿受你牵连呢。赶紧把这些东西都收回去，回娘家什么的，等以后得空再说。"

　　这番话令尹红绡更加伤心，把轩辕赫玉扬出去的衣裳细软又塞进包裹里："不让我带灵儿走，我就自己上路。"

　　劳累一天的轩辕赫玉来了脾气，再次把她塞好的东西丢到地上，还任性地在上面踩了两脚，"你非要跟本王作对是吧？不准走！"

　　尹红绡哭得更凶了，没好气地骂道："轩辕赫玉，你就这么对待我？"

　　"本王对你还不够好？凡是你喜欢的，想尽办法也要为你拿到手，只要有空闲，便带着你跟灵儿四处游玩。本王唯一的爱好便是躲在药房里与药材为伴，陪在你身边的时间的确不多，但该做的，本王可一样都没落下。你嫁进王府五年有余，本王待你如何，你自己心里不清楚吗？从前都好好的，也不知今日发什么疯，非要闹上这么一通。灵儿都四岁了，你这个做娘的，还把自己当成小孩子？"

　　尹红绡红着眼睛问："这些年，你可后悔与我成亲？"

　　轩辕赫玉觉得这个问题十分幼稚："孩子都生了，说什么后悔不后悔的？"

　　"如果当年我没嫁给你，你会娶别的姑娘做王妃吗？"

　　"这种假设性的问题，本王不予回答。"

　　"我今日必须知道答案。"

　　轩辕赫玉已经不耐烦："你与本王已是夫妻，这种情况下，你让本王

说什么？后悔娶你进家门？还是后悔与你生孩子？尹红绡，你从前是个很明事理的女子，今天怎么变得这般不可理喻？"

尹红绡锲而不舍地问："若给你重新选择的机会，你还会不会娶我？"

"你想听本王说会还是不会？想听会，本王就说会，想听不会，本王就说不会，满意了吗？"

闻言，尹红绡气得坐在床头暗自流泪。

哄女人这方面，轩辕赫玉的经验不及他哥轩辕容锦，尹红绡的泪水非但没有让他心软，反而让他更加暴躁。他气得踹了一脚紫檀八角桌，没好气地骂道："早知今日，本王当初死也不会与人成亲。"

恨恨地说完，他推开房门，扬长离去。

七王夫妇闹矛盾的消息很快就传到了凤九卿的耳朵里，从宁儿的转述中得知，夫妻二人可能要面临和离。

凤九卿知道小七的脾气点火就着，怕他做出后悔的举动，翌日一早，便跑来七王府打探虚实。

来的时候小七不在，尹红绡伤心难过得一晚没睡，凤九卿进门时，见她眼底挂着黑眼圈，两只眼睛已经哭肿了。

"红绡，到底发生了什么事？你与小七素来恩爱，怎么就闹到要和离的地步？"

尹红绡哑着嗓音问："是他亲口说要与我和离？"

凤九卿表情很无辜："外人都在这么传。"

尹红绡哭得更大声了："和离就和离，我现在就带灵儿离开，给他和那个周三小姐挪地方。"

凤九卿听出端倪，把情绪激动的尹红绡按坐下来，细心地问："红绡，这里没外人，你给我说说，这周三小姐是怎么回事？"

尹红绡哭着说："昨日在奉天殿，那些人都在谈论七王娶我进门之前与尚书府的周三小姐关系匪浅，那周三小姐直到现在还待字闺中，姨母人前夸赞周三小姐是个有福气的，日后嫁人，定能给夫家生个儿子。再看看

我，嫁进七王府五年出头，只给七王生了个闺女。姨母说，不孝有三，无后为大，生不出儿子，就等于对不起轩辕家族。正好那周三小姐还未婚配，又与七王略有情缘，便劝我大度一些，让周三小姐以侧妃的身份嫁进王府，也好为轩辕家族开枝散叶。"

这番话令凤九卿十分诧异，要不是尹红绡提起，她都忘了小七未娶妻的那段时间，容锦确实动过要把周三小姐周碧妍许配给小七做七王妃的念头。

这件事是真实存在的，但小七对周碧妍好像没有那方面的想法吧？

"红绡，你是不是误会了什么？"

紧闭的房门被人推开，轩辕赫玉怒气冲冲地闯了进来，质问尹红绡："你昨日又哭又闹，还问本王那么多奇怪的问题，就是为了这么一件鸡毛蒜皮的小事？"

想到沈若兰昨日当着那么多贵妇千金的面让她接纳周碧妍，不知该如何是好的尹红绡以泪洗面，哭着说："王爷，生儿育女这方面，我的确对轩辕家族有所亏欠。你贵为千岁之尊，膝下却只有灵儿一个闺女，待日后灵儿嫁入夫家，偌大的七王府无人接管，我这个做王妃的难辞其咎。姨母教训得对，既然我不能为王爷延续子嗣，就该大度一些，放合适的女子进门完成这个义务。"

凤九卿问轩辕赫玉："小七，莫非你对周三小姐真有旧情？"

轩辕赫玉正要作答，听到父母吵架的轩辕灵儿跌跌撞撞地从外面跑进来，小丫头一把抱住父亲的大腿，仰着头，大大的眼睛中已蓄满泪水，她哭着问："爹爹，因为娘亲只生了我一个女孩子，你便娶别的姑娘进门，把我跟娘亲赶出七王府吗？"

灵儿就是轩辕赫玉的心头肉，看着宝贝女儿哭花了一张俊俏的小脸，轩辕赫玉的心脏都要被搅疼了。

他连忙把女儿抱进怀中，又是亲又是哄地安慰了好半晌，才一本正经地对尹红绡说："本王一向嘴笨，不会说什么甜言蜜语去哄女人，不管你信不信，本王做人的立场从来不变。不喜欢的，任她哭求本王也不娶；一

且入了本王的眼，哪怕逃到天涯海角，本王也要把她绑进七王府，让她成为七王妃。尹红绡，你便是那个让本王放弃原则，追随一世的笨女人。什么侧妃，什么儿子，除了你跟灵儿之外，本王统统不要，这个回答，你满意了吗？"

尹红绡一时之间忘了哭泣，不敢相信，从来不说甜言蜜语的轩辕赫玉，居然也会说出这样一番肉麻的情话。

凤九卿忍俊不禁："小七，君子一言，驷马难追，说话可要算数啊。"

轩辕赫玉哼了一声，放下灵儿，转身就朝门外走去。

凤九卿问："你去哪里？"

门外传来轩辕赫玉懊恼的声音："进宫，找罪魁祸首算账。"

正在景福宫喝药膳的沈若兰无论如何也没想到，轩辕赫玉像个煞神一样闯进宫门，不由分说便把昨日客人送给她的花瓶玉件、珠宝首饰全部砸了个稀巴烂。

七王这番疯狂的举动，吓得景福宫的宫女个个噤若寒蝉，不敢吭声。

看着好好的宫殿被轩辕赫玉砸得一片狼藉，沈若兰气得大喊："七王，你这是要做什么？"

轩辕赫玉厉声道："你问本王想做什么，本王还想问问你这个老妖婆到底想做什么。放着清闲日子不过，非要挑起事端，惹人生厌。你以为自己是个什么东西？给你脸面，唤你一声姨母；不给你脸，你就是路边讨饭的乞丐。"

入宫以来，从没有人对沈若兰说过这样的重话，就连皇上都对她礼遇有加，把她当成长辈尊敬。

轩辕赫玉劈头盖脸的这顿责骂，把沈若兰气得脸都白了，手指颤抖着指着他："你……你……"

轩辕赫玉"啪"地拍开她的手："本王的脸也是你有资格随便指的？"

他抬腿踹飞一只椅子，又把古董架上摆放的玉如意砸了个粉碎。

轩辕赫玉反手指向沈若兰："从你被接进皇宫直到现在，前前后后闹出多少事端？你闹别人，本王不管，如今闹到本王府中，本王就与你好好说道说道，不管本王娶几个媳妇，生几个孩子，都是本王的家务事，你一个外人，有什么资格说三道四、指手画脚？"

沈若兰吓得大哭："我没有！"

"事实已经发生了，你这老妖婆还敢否认？难怪你那养子和媳妇把你赶出家门，就你这副德行，活该落得无家可归……"

"小七，还不给朕闭嘴！"

闻讯赶来的轩辕容锦正好听到这句话，连忙对弟弟加以斥责。

被吓破胆的沈若兰终于见到救星，连滚带爬扑了过去，揪住轩辕容锦的衣襟告状："求皇上给我做主，七王这是要杀人啊。"

与容锦一起过来的凤九卿替轩辕赫玉辩解："姨母怕是想多了，小七虽然脾气怪异，却没有无故杀人的嗜好。"

从轩辕赫玉冲出七王府，说要进宫找罪魁祸首算账时，凤九卿就猜到沈若兰要倒霉。

她故意拖延时间给小七发泄，算着时间差不多了，才让人去禀报皇上，提醒他景福宫这边出了状况。

不愧是小七，处事手段果然一如既往地让人舒心，瞧瞧这满地狼藉，砸得真是漂亮啊……

凤九卿面上不显，心里却差点笑开了花。

对付沈若兰这种不识好歹的人，就得轩辕赫玉这样的暴脾气亲自出马。

天不怕地不怕的轩辕赫玉并没有把皇兄的命令放在眼中，指着哭泣不止的沈若兰告状："这个老女人差点害得我妻离子散，这口气我咽不下去。皇兄，既然你来了，就当面给我们评评理，她以红绡没生儿子为由，逼着她给我纳小。为这事儿，红绡要带着灵儿离家出走，得亏我发现得及时，把她们母女俩拦了下来，再晚一步，我老婆和女儿就要没了。皇兄，

你来说说，这笔账，我该不该找她当面算？"

轩辕容锦无言以对，他深知小七护短的脾气，尤其灵儿是小七的命根子，掉根头发都要心疼好几天，真因为沈若兰几句话而跟着七王妃离家出走，小七非得疯魔不可。

沈若兰大呼冤枉："七王，我这么做可都是为了你啊！为夫家延续香火是为人妻的职责，你那王妃嫁进王府五年，却只给你生了一个姑娘，我看她身子薄弱，骨骼纤细，再生二胎恐怕不易。反观那周家小姐横看竖看都是个有福气的，还与七王有几分旧交，便想着肥水不流外人田，何不成就一番佳话？我怎么知道那七王妃如此善妒，自己生不出儿子，还不让别的女人给七王生儿子……"

轩辕赫玉被气炸了，抬腿就要把沈若兰一脚踹飞，被眼疾手快的凤九卿一把按住。

凤九卿低声警告："小七，聪明人不会让冲动来支配自己的行为，你素来精怪，怎么连这个道理都不懂了？"

在凤九卿的暗示之下，轩辕赫玉仿佛一瞬之间懂了什么。

他压下怒意，似笑非笑地看向轩辕容锦："皇兄，她说的话，你都听到了吧？得亏皇嫂给你生了个儿子，要是皇嫂也像红绡一样生个闺女，这老妖婆一准儿会仗着姨母的身份逼你纳妃，到那时，咱们皇家就真有热闹可看了。"

轩辕容锦敛眉骂道："小七，说话不要太过分……"

"行，你是兄长，我听你的。老妖婆差点害得我妻离子散，我也可以看在皇兄的面子上不再计较。但是，我今儿必须把丑话放在这里，她日后若再敢把歪主意打到红绡头上，逼她做不愿意做的事情，就别怪我心狠无情。"

恨恨地说完，轩辕赫玉拱了拱手："告辞！"

一阵风似的来，又一阵风似的走，留给沈若兰的，是深深的畏惧与忌惮，她做梦也没想到，长相俊美又斯文的轩辕赫玉竟是这样可怕的野蛮人。

沈若兰哭诉："从古至今，男子纳妾天经地义，怎么到了七王面前却成了禁忌，我真是好心办坏事，自讨苦吃。"

经此一事，轩辕容锦也对沈若兰生出几分莫名的厌恶，嘴上却说："朕就这么一个嫡亲弟弟，念及他幼时吃了不少苦，平日便对他纵容了一些。姨母与他多处一段时间就会知道，小七除了任性些，没什么坏心眼，最大的禁忌便是他的妻女。这次就当是一场闹剧，姨母切记，下次不可再拿这种事情来开小七的玩笑。"

话落，轩辕容锦对两旁宫女吩咐："都清扫干净吧，免得伤人。"说罢，拉着凤九卿离开了景福宫。

从沈若兰身边经过时，凤九卿留下一抹意义不明的浅笑，仿佛在提醒沈若兰，接下来的日子，让她好自为之，七王可不是好得罪的。

当时，沈若兰并未领会出凤九卿临走时那笑容的深意，直到那天夜里吃坏了东西上吐下泻，才后知后觉地发现自己大难临头。虽然有不少御医过来诊治，却始终查不到病源所在。

沈若兰每天从早吐到晚，看到吃食就反胃，那滋味，比女子怀孕还要难受百倍有余。

之前好汤好水补出来的气色，在这场劫难的折磨下消失得彻底。

无计可施的御医们，只能采取保守治疗，给她开些温补的方子，慢慢调理沈若兰的胃口。

殊不知这些汤药根本于事无补，往往喝进去不到半刻钟，就被沈若兰一滴不剩地吐出来。

一连折腾了五六日，沈若兰差点被阎王招走，也多亏她命大，被折磨了数日之后，勉强捡回了一条命。

这期间，差点被指婚的周碧妍进宫拜见沈若兰，表明自己与七王之间只在年少时略有交情，她直至今日还未出嫁，是因为没遇到真正想嫁的男人。七王对七王妃情比金坚，两人婚事美满，爱情甜蜜，不是她这种毫无分量的人可以随意破坏的。

表明心意后，周碧妍洒脱离开，把病得奄奄一息的沈若兰气得险些又

吐出一口老血。

这些人，一个个怎么都不识抬举呢？

没人理会沈若兰心里有多窝火，就连之前还对她有几分敬重的轩辕容锦也假称公务太忙，抽不出时间过来探望。

轩辕容锦岂会猜不出，把沈若兰害到这步田地的，正是他那个被宠坏的弟弟轩辕赫玉。

"小七真是一辈子都长不大，为了给他妻女讨公道，竟不把人命放在眼中，姨母若有三长两短，看朕不唯他是问！"

坐在不远处的凤九卿手拿丝帕，慢慢擦拭一柄锋利的长剑，剑尖儿在烛火的映照下泛出冷光，无形中给这柄剑增添了几分慑人之气。

她笑着问："你怎么知道姨母生病是小七所为？"

轩辕容锦重哼一声："但凡御医治不了的怪病，十之八九与小七有关。"

"既如此，你直接拿小七问罪便是。"

轩辕容锦不言语了，他默许轩辕赫玉胡作非为，就是想借小七之手让沈若兰吃些教训。

姨母固然是他的长辈，当长辈为老不尊时，适当地教训，才能让她保持头脑清醒。

"九卿，小七这般无法无天，是不是受了你的教唆？"

凤九卿擦剑的动作微微一顿，似笑非笑地反问："如果我说是，你会拿我问罪吗？"

轩辕容锦无奈一笑："你们两个，一个比一个让朕头痛，都是一把年纪的人，还这么调皮任性，就是欠教训。"

凤九卿忽然追问："如果尔桀是个女孩子，你会为了延续皇家血脉纳妃吗？"

轩辕容锦想都没想便直接回道："不会！"

"若姨母以皇家礼法给你施压呢？"

轩辕容锦答案未变："不会！"

"若婆母尚在人世，以太后的身份威逼于你呢？"

犹豫片刻，轩辕容锦再次回答："不会！"

凤九卿继续擦拭手中的长剑，边擦边叹了一口气："可惜这只是如果，在事实未成立之前做出这种假设，不过是自欺欺人而已。"

轩辕容锦走近她身边，皱眉询问："你不信朕？"

凤九卿忽然抬手，一剑指向他的咽喉，眼中浮出森森杀意，语气冰寒地说："若日后食言，我取你性命。"

轩辕容锦僵在原地一动未动，两人一个坐着剑指咽喉，一个站着命在旦夕，屋内的气氛诡异而危险。

有那么一刻，轩辕容锦以为，凤九卿是真的想一剑杀了他。

须臾工夫，凤九卿扯出一个邪气的笑容，轻轻用剑尖点了点他的胸膛："开个玩笑，没被吓到吧？"

轩辕容锦扯过长剑丢至一边，俯下身，把她困于臂弯之内，勾起她的下巴沉声警告："朕不喜欢这个玩笑。"

凤九卿维持着下巴被勾起的姿势反问："不喜欢的理由是什么？"

"在感情上，朕永远不会背叛你，可你刚刚的眼神，让朕觉得你并不信朕。"

"信不信这种事，嘴上说了不算，得付出行动才行。"

"你要朕如何证明？"

凤九卿忽然起身，在轩辕容锦毫无防备之下把他按坐在椅子内，一手按住他的肩膀，让他分毫动弹不得。

两人局势瞬间扭转，凤九卿居高临下地看着他："我不用你证明什么，只需记得，缘尽那天，便是分别之日，到时候，我不希望彼此闹得太难看。"

轩辕容锦还要说些什么，凤九卿忽然换上一副玩世不恭的表情，笑着说："其实我并不介意你纳妃，后宫空了那么多寝殿，若全部住满，可有热闹看了。好歹我也是黑阙的皇后，从嫁进皇宫直到现在，还没体会过宫斗的乐趣。"

　　"你是认真的？"

　　"你猜呢？"

　　"凤九卿，你就是个欠收拾的女魔头。"

　　被耍弄一番的轩辕容锦拦腰将她抱起，恶狠狠地说："夫纲不振，悍妻难驯，今儿必须给你立立规矩，让你知道什么叫夫权大过天，等着接招吧！"

宫外时光

因为长了一张讨喜的娃娃脸，温和可亲，又生了一双可以制作各种趣味玩具的巧手，没几日，轩辕吉星便在众多小孩子面前建立起极高的威望。

自从他入职工部当差，偶尔也会扮演夫子的角色进宫给孩子们讲解暗器的用法。

一部分暗器由他亲手设计，杀伤力大，隐秘性高，比如一本再寻常不过的《诗经》，不知情的人只以为那是一本书，翻开书页时才发现里面暗藏机关。

除了书本，轩辕吉星还能在毛笔、镇纸、砚台这种寻常可见的地方添加暗器，让这些懵懂无知的小孩子长了不少见识。

轩辕尔桀对轩辕吉星这位世子伯伯很有好感，课余时间，别的小孩子会三五成群地跑到外面玩耍，他则缠着轩辕吉星问东问西。

"世子伯伯，听父皇和母后说，你自幼因身体孱弱，足不出户，连正经学堂都没去过，为什么能做出这么多稀奇古怪的小玩意？你送给我的那些玩具，比外国使臣送来的贡品还要有趣，连城向我讨要时我都没给他。"

轩辕吉星笑了笑："正因为我身体不好，才有大把时间留在府中读些闲书。送给你的那些小玩意儿，都是我无事亲自画图、亲自制作的。能得

太子这般喜欢，也算物尽其用。"

轩辕尔桀好奇地问："你幼时身体一直不好吗？"

"对，多数时间都在病床上度过。"

"连医术精湛的七皇叔都束手无策，看来世子伯伯的病是真的很严重。"

轩辕吉星反过来安慰有点难过的轩辕尔桀："病了这么多年，已经习惯了。我小时候最大的梦想，就是有朝一日可以走出王府，看看外面精彩的世界，时至今日，我的梦想已经实现了一半，你看，我已经离开平阳，来到了京城，这就是上天对我最好的馈赠。"

轩辕尔桀点点头："京城肯定比平阳繁华。"

"那是自然，天子脚下，每一寸土地都价值连城。太子，你生于宫廷，长于宫廷，从小到大，可曾出宫去看外面的世界？"

轩辕尔桀认真想了想，说道："两年前，随母后去过太华山探望外公。"

轩辕吉星笑着又问："除了太华山以外呢？"

轩辕尔桀的情绪慢慢低落："父皇说，太子贵为一国储君，贸然出宫，会坏了规矩。"

轩辕吉星叹息："等你再长大些，若有机会，可以出去见见世面，好好感受宫外的风土人情。在皇宫里，你是黑阙的太子，一人之下，万人之上，任何人见了你，只会说虚伪奉承或枯燥无味之言，半句当不得真。到了外面就不一样了，外面的世界很大很大，京城以外，有很多省，很多县，很多村落，很多百姓，也有很多你想不到、看不到的趣事时时发生。"

在轩辕吉星的讲述之下，轩辕尔桀对宫外的世界充满好奇。

傍晚，轩辕尔桀趁父皇不在，溜进了龙御宫。

再过几日便是一年一度的冰雕节，每年这个季节，坐落在京城北部的燕州都会举办大型冰雕节。

燕州与京城只有三十里之遥，说近不近，说远不远，轩辕尔桀听连城

说，燕州城的冰雕堪称黑阙一大奇观，去年这个时节，贺丞相与七皇叔便拖家带口，去燕州欣赏那盛世美景。

今日又听轩辕吉星说，宫外的世界五彩纷呈，他忽然就想任性一回，求母后抽两天时间，带他去宫外见见世面。

难得儿子有求于自己，凤九卿意外之余竟忍不住心酸。

从小到大，尔桀从未让父母为他操过心，他聪明上进，乖巧懂事，比许多同龄孩子都有出息。除了把太傅留的功课完成得漂漂亮亮，还会抽出业余时间看些杂书，尽最大所能去了解皇宫外的世界。

见凤九卿沉默不语，轩辕尔桀担忧地问："儿臣出宫的提议，让母后觉得很为难吗？没关系，如果母后不准，儿臣就不出去了。儿臣还小，出宫游玩这种事，等以后长大了再说也不迟。"

凤九卿心疼地将儿子抱坐在膝头，揉了揉他鬓边的软发，柔声说："出宫而已，有什么为难？正逢近日杂务甚少，你今晚回去收拾收拾，明儿一早，母后就带你赶往燕州去看冰雕。"

一向喜欢在人前伪装成熟懂事的轩辕尔桀面色一喜，伸开两只亲热地小短臂，高兴地勾住凤九卿的脖子："真的吗？母后，你真的要带儿臣出宫？"

凤九卿捏捏他的小鼻子："自然是真的，母后何时骗过你？"

轩辕尔桀激动地在母亲漂亮的脸蛋上亲了一口，随即跳下她的膝盖，兴奋地说："儿臣这就回东宫去做准备。"

往外跑时，他差点撞了人，抬头一看，发现从外面走进来的竟然是父皇。

轩辕尔桀急忙敛住脸上的笑意，规规矩矩地给父皇行了一礼。

轩辕容锦皱眉问道："你怎么在这？"

轩辕尔桀偷偷看了一眼旁边的母后，故意扯谎说："儿臣遇到了不懂的功课，特来向母后讨教。"

潜意识里，他不希望与母后出宫的事情被父皇知道，这是他跟母后之间的小秘密。

　　轩辕容锦脸色阴沉，不悦地问："讨教完了吗？"

　　"讨教完了。"

　　"讨教完了，就跪安吧。"

　　"是！儿臣告退。"

　　恭恭敬敬施完礼，轩辕尔桀像逃难一样离开了龙御宫。

　　看着儿子渐行渐远的背影，轩辕容锦不高兴地说："早些年，这孩子每次见了朕，都像小跟班一样拼命往朕怀里爬。那时候，朕不抱他，他就会哭鼻子给朕看，还故意把眼泪鼻涕往朕身上抹。这才几年光景，见了朕，就像老鼠见了猫，一副不敢造次的样子，看了就让朕烦。"

　　凤九卿讥讽道："还不是你在儿子面前太严厉，犯一点点错就藤条伺候，被你欺负那么多次，亲近得起来才奇怪呢。"

　　轩辕容锦更不高兴了："父亲教训儿子，这难道不是天经地义的？"

　　凤九卿直接丢给他一记白眼："什么叫天经地义？尔桀被养得知书达礼，样样优秀，这么聪明乖巧的孩子，难道不配得到长辈的赞扬？"

　　轩辕容锦没好气地告状："他只在你面前乖巧听话，在朕面前只会顶嘴，大道理一套一套地讲，连朕都不是他的对手。"

　　凤九卿失笑："这让我想起那句古话，青出于蓝而胜于蓝。"

　　见容锦还要计较，凤九卿把他拉进屋内："忙碌一天，别为这些鸡毛蒜皮的小事劳神费力，尔桀的请求想必你已经听到了，儿子难得想出宫玩，我已经答应他明日一早启程去燕州看冰雕。容锦，你要不要跟我们一起去？"

　　轩辕容锦故作骄傲地说："御书房案头堆满了折子，朕可没空陪你们两个浪费时间。"

　　"哼，我巴不得你没时间呢，你若跟去，儿子肯定玩不开。你啊，就老老实实留在御书房批你的折子吧。"

　　轩辕容锦没好气地警告："最多三天，三天不回宫，朕就把你们当成通缉犯，派人绑回来。"

　　凤九卿大笑："有趣有趣，我还没做过通缉犯呢。"

轩辕容锦被她气笑，骂道："真是越发调皮了。"

翌日清晨，凤九卿与轩辕尔桀打扮成普通百姓的模样离开了皇宫。

宫外的世界对很少出门的轩辕尔桀有着致命的吸引力，他终于理解，母后为何对宫廷生活那么厌倦，比起规矩烦琐的宫廷，外面多姿多彩的世界更让人身心愉悦。

看着娘亲一身素衣打扮，轩辕尔桀忽然觉得，这样的娘亲魅力十足，比宫廷里那个被华丽宫装束缚的皇后娘娘有活力多了。

因为燕州的冰雕节后天才正式开放，两人还有大把时间，便在京城游逛起来。

轩辕尔桀拉着凤九卿的手，问道："娘，此次出宫，我二人是不是该换个身份？"

凤九卿随手从小摊贩处买了两根糖葫芦，自己一根，给儿子一根，边吃边说："好啊，出了宫，不能再用从前的身份，你随便给自己取一个喜欢的名字日后使用。"

轩辕尔桀用力咬了一口圆圆的山楂，酸得他小脸皱成一团，过了好一会儿才慢慢适应，嚼了几下咽进肚子里，说道："娘亲以前用过秦月白这个化名，儿臣……咳，我也跟娘亲用一个姓可以吗？"

凤九卿笑着看了儿子一眼："你想叫秦什么？"

"嗯，容我想想。"

轩辕尔桀非常认真地沉思了片刻，说道："就叫秦朝阳吧，朝阳代表晨起的太阳，我很喜欢这个名字。"

"行，今后出宫，你的名字就叫秦朝阳。"

有了新名字，母子二人都很高兴。

途经一家玉器店时，轩辕尔桀忽然说："娘，这多宝阁是不是咱京城最大的玉器行？"

凤九卿朝店铺的牌匾看了一眼，上面刻着三个烫金大字：多宝阁。

她点了点头："多宝阁在京城的确很有名气，想进去逛逛吗？"

　　"是，好不容易有机会出宫，我想给灵儿还有连城带些礼物。"

　　"难得你有这份心，走，咱们进去看一看。"

　　踏入多宝阁，凤九卿感慨，不愧是京城最大的玉器店，店面宽敞，装修华丽，摆放在店铺里的玉器件件水头十足，价格不菲。

　　从小在皇宫长大的轩辕尔桀见惯了奇珍异宝，这些玉把件虽然色彩斑斓、玉质通透，却没几样入得了他的眼。

　　慢悠悠在店内逛了一圈，到底还是挑选了几个心仪的玉件儿。

　　坐在休息区喝茶的凤九卿见儿子一脸兴奋地将挑到手的宝贝带到她面前邀功："娘，你看我识玉的眼光可还到位？"

　　凤九卿小小地吃了一惊："这么多？"

　　轩辕尔桀骄傲地挺了挺胸脯，数着托盘上的战利品说道："娘，您看，这块羊脂白玉的小兔子，是送给灵儿的，玉质虽然不能与宫中贡品相比，好在雕工还算精致。墨玉砚台是送给连城的，暖玉是送给七皇叔的，福禄寿是送给贺叔叔的，这枚成色极佳的紫翡扳指是我专门挑给逍遥叔叔的……"

　　凤九卿忍不住打断儿子："你逍遥叔叔不在京城。"

　　轩辕尔桀笑着说："没关系！等他回来时，我要给逍遥叔叔一个惊喜。"

　　凤九卿捏捏儿子的小脸蛋，夸道："你逍遥叔叔收了这份礼，一定会很开心。"

　　"娘，这只玉质通透的镯子是我专门送给你的，快戴上看看喜不喜欢。"

　　轩辕尔桀迫不及待地将一只玉镯套在凤九卿的手腕上，不大不小刚刚好。

　　玉的颜色微微偏绿，虽算不得顶级翡翠，从透明度来判断，也是价值不菲了。

　　凤九卿对儿子送给自己的这份礼物非常满意，伸出手腕欣赏了半晌，忽然问："这么多玉件儿，花了不少银子吧？"

轩辕尔桀得意地说："都是我积攒多年的压岁钱，粗略算了算，还是够的。"

正说话的工夫，耳后传来一道冰冷的声音："你给别人都送了礼物，我的呢？"

轩辕尔桀猛然回头，看到一张熟悉的脸，正是父皇轩辕容锦。

不但尔桀呆愣在原地，凤九卿也对容锦的出现表示诧异："你怎么在这儿？"

轩辕容锦并未回答她，而是目不转睛地看向儿子："问你话呢。"

轩辕尔桀局促地回道："你什么都不缺……"

见父皇脸色越来越阴沉，轩辕尔桀讨好地说："我现在就去给父皇……咳，给爹您挑选一件称心的礼物，您等着。"

容锦把儿子揪回来，面无表情地说："你挑的那些小玩意儿我都看不上。你若真心送我礼物，就挑件让我满意的。"

轩辕尔桀小声咕哝："我怎么知道你喜欢什么？"

"嗯？"

瞥见父皇眼中盛满危险，尔桀连忙说："爹，要不这样，您瞧这店里哪个物件好，我就把您看上眼的那个物件买下来送给您。"

轩辕容锦勾唇一笑："你说真的？"

轩辕尔桀拍拍胸脯："大丈夫一言既出，驷马难追。"

"可别后悔。"

"绝不后悔。"

凤九卿隐隐感觉到容锦这是在算计儿子。

果不其然，轩辕容锦把伙计叫到面前，让他把镇店之宝取过来。

不多时，小伙计捧来一只红色锦盒。

缓缓打开时，只见里面放着一对龙凤玉佩，是罕见的极品帝王绿，成色、质地、雕工，样样不凡。

轩辕容锦把玩着这两块龙凤玉佩，不怀好意地说："这镇店之宝倒是名副其实，一龙一凤，正好给你爹娘一人一块，就它了。"

店伙计笑道："这龙凤玉佩是我们多宝阁价格最高的一件收藏品，爷，您这眼光真是独到，令小人佩服之至。"

轩辕尔桀弱弱地问："这龙凤玉佩多少银子？"

伙计答道："不多不少，十五万两。"

轩辕尔桀眼前一黑，就算他贵为黑阙太子，一下子也拿不出这么多银子："爹，这价格……"

轩辕容锦挑高眉梢，不悦地问："怎么，送不起？"

轩辕尔桀点头："我出门没带那么多银子。"

"没关系，我可以借给你。"

"那就多谢爹了。"

"就按三分利的利息来计算。"

"爹，咱京城钱庄的利息才一分利。您要我三分利，是不是太黑了？"

轩辕容锦再次挑眉："我的银子，是谁都有资格借的吗？"

轩辕尔桀细一寻思，觉得他爹说得好像也没错，天底下有几个人敢跟皇上借银子？

于是，在威胁兼利诱之下，轩辕尔桀很是不情愿地给他爹写了一张十五万两白银的欠条。

小伙计忍笑把龙凤玉佩打包送到容锦面前："老板，您收好。"

老板？

凤九卿和被戏耍了一道的轩辕尔桀同时看向轩辕容锦。

只见轩辕容锦慢条斯理地接过玉佩，对二人说："你们不知道吗，这多宝阁，是我在宫外经营多年的产业。"

轩辕尔桀急忙向母亲求助，凤九卿一脸无辜地摆摆手："今天以前，我是真的不知道。"

轩辕尔桀气得嘟嘴："爹，用这种方式来坑自己亲生儿子，您于心何忍？"

轩辕容锦晃了晃手中的玉佩："所以这礼物，你送还是不送？"

　　轩辕尔桀只能认倒霉地点头："您是我亲爹，倾家荡产，这礼物我也必须送。"

第一百一十九章 ❀ 遇险情挺身相救

宫外奇遇

有了轩辕容锦的加入，一家三口终于凑齐了。

事后，容锦解释，因放心不下妻儿的安危，他才一路跟随至此，打算陪母子二人一同去燕州城欣赏冰雕。

从小到大，这是轩辕尔桀第一次与父母一同出宫游玩，虽然被亲爹坑走了一笔钱财，却并未影响他玩乐的兴致。

为了出行方便，三人装扮成普通百姓，走在街上，倒没人认出他们的身份。

经过算命摊子时，算命先生冲轩辕尔桀招招手，面带笑容地说："小公子额头饱满、星眉剑目，真是玉童降世，福气深厚，待日后长大成人，必是世间不可多得的可造之才。"

好话人人都爱听，不管这算命的是不是江湖骗子，轩辕容锦还是从钱袋子中取出一枚金叶子递给对方："承先生吉言。"

算命先生双手接过金叶子，笑得见牙不见眼，好话像不要钱似的往外倒。

被阿谀奉承惯了的轩辕容锦不耐烦听这些，摆了摆手，拉着妻儿便要离开，那算命先生从旧布袋子里掏出一张符，动作利落地塞进一只红色的荷包中："这是我道家的平安符，送给小公子，图个吉利。"

凤九卿正要阻止，被轩辕容锦一手接过："多谢了。"说完，随手把

平安符塞给了儿子。

走出很远，凤九卿才忍不住说："这种路边摆摊算命的，十个有九个是骗财的，只有你才会把他们的话当真。"

容锦不在意地笑了笑："一枚金叶子换他几句吉祥话，就当讨个彩头，不亏。至于那平安符，是人家的一番心意，喜欢就留着，不喜欢就丢掉，灵与不灵并不重要，图的就是心理安慰。"

听他这么说，凤九卿倒是不好再反驳，帮儿子将平安符收好，与父子二人继续在热闹的街头散心游玩。

在望江楼吃过午饭，一家三口乘坐马车赶往燕州，天色擦黑前正好抵达目的地，并在当地百姓的介绍下，来到燕州城最有名的同福客栈，花重金订了客栈的天字一号房。

坐了好几个时辰的马车，几人的肚子都饿了，凤九卿提议去楼下吃饭，同福客栈吃住全包，饭菜色香味俱全。

正逢饭点，吃饭的客人实在不少，因此没能寻到极佳的位置。

凤九卿知道轩辕容锦对环境的要求极为苛刻，此次三人微服出宫，连侍卫都没带，只跟了几个暗卫，排场摆得太大，免不得又要招惹是非，便低声劝道："出来玩，开心就好，就别讲究那么多了。我瞧那边还有位置，就坐那儿吧。"

有妻儿在身边陪伴，轩辕容锦也就没再继续挑剔，把店伙计叫来点了几道可口的饭菜，谈笑之间，倒忽略了周围嘈杂的环境。

凤九卿比轩辕容锦多了几分警惕，不为别的，只因为考虑到儿子的安危，即便旁人并不知晓他们的身份，也要提高警觉，避免不必要的危险发生。

朝周围用餐的客人扫视一圈，平平常常，没有发现潜在的危险。

正要收回目光时，一个蒙着面纱的女子拉着一个比轩辕尔桀略年长的男孩在旁边的空桌位坐了下来。

这蒙面女子的出现，不但引起凤九卿的注意，相邻几桌客人也频频向蒙面女投去打量的目光。

女子生了一双漂亮的眼睛，半透明的面纱让她的五官若隐若现，与她坐在一起的男孩也生了一张漂亮的面孔，两人眉眼有诸多相似之处，初步判断，应该是母子关系。

刚坐下不久，旁边几个喝了酒的猥琐男人便朝那蒙面女子露出不怀好意的笑："来这种地方却蒙着脸，吃饭的时候可怎么办啊？"

另一个人笑着说："姑娘，把面纱摘了吧，让哥儿几个看看你的真容。蒙着脸，啥都看不到啊。"

同伴调侃："什么姑娘，没看人家儿子都那么大了吗？"

母亲被一群酒鬼戏弄，那男孩气得双目圆睁，便要起身与他们理论，被蒙面女子一把按住，低声劝道："逸儿，出门在外，切莫多事。"

男孩虽心有不甘，却还是按捺住怒气，重新坐回自己的位置。

那几个男人见母子二人忍气吞声，态度更加张狂，满嘴污言，荡笑连连，引得不少客人在旁围观，却无一人上前阻止。

轩辕容锦老神在在地坐在自己的位置上吃肉喝酒，对身边发生的事情毫不在意，轩辕尔桀也有样学样，跟他爹并排而坐，慢条斯理地吃着碗中的食物。

凤九卿低声问："你不管管？"

轩辕容锦瞥了她一眼："若是个男人我就管了，女人嘛，就算了。"

有过多次前车之鉴，轩辕容锦对英雄救美这种烂俗戏码早已深恶痛绝。

在他眼中，只有凤九卿的安危是头等要事，其余人是死是活与他何干？

轩辕尔桀从小被他爹警告，出门在外，在不了解内情的情况下，千万不要对不认识的女人多管闲事，尤其是漂亮的女人，更是理都不要理，免得中了敌人设下的美人计。

凤九卿对父子二人事不关己的行为无可奈何，此次出门没带侍卫，以她和容锦的本事，对付区区几个酒鬼不在话下，之所以无动于衷，也是担心惹事上身，平白招来不必要的麻烦。

旁人的冷漠助长了那几个酒鬼嚣张的气焰，起初还只是言语调戏，渐渐地，他们开始动手动脚，其中一人试图去拉蒙面女人的手，露出满口黄牙笑着调戏道："姑娘这双手可真是白啊……"

那女人躲闪不及，被男人拉住衣袖，场面一度变得诡异。

凤九卿实在忍不下去，出言阻止道："几位，差不多得了啊，公众场合，别让其他客人看你们的笑话。"

那男人朝凤九卿望来一眼，双眼登时一亮，贪婪地说："真正的人间绝色竟然就在眼前……"

这句话触到了容锦的底线，他不由分说地便将手中的酒杯丢了过去，不偏不倚，正好砸中那男人的门牙，把那酒鬼砸得满脸是血，瞬时晕了过去。

酒鬼的同伴纷纷起身，轩辕容锦面色阴沉地与几人对视，他贵为皇帝，天生自带王者之尊，不怒而威的气势，把几个醉汉吓得酒醒了一半。

轩辕容锦丢过去一锭银子，冷声说："拿走买药，马上滚！"

那几人大概看出轩辕容锦来历不凡，不敢造次，忙不迭地捡起银子，把被酒杯砸晕的同伴拎起来，灰头土脸地离开了客栈。

经此变故，客栈又恢复了之前的融洽。

凤九卿调侃："你不是不多管闲事吗？"

轩辕容锦睨了她一眼："你可不是我的闲事。"

蒙面女带着儿子走过来，恭恭敬敬地对轩辕容锦说："多谢这位公子相救。"

轩辕容锦一手指向凤九卿："谢她。"

蒙面女子目光复杂地盯着轩辕容锦看了好一会儿，才转身对凤九卿说："多谢夫人。"

凤九卿打量着她脸上的面纱："如果你戴面纱是为了掩人耳目，行走方便，听我一句劝，戴这个，只会让你更加引人注目，还不如摘掉方便一些。"

蒙面女怔了片刻，慢慢揭掉脸上的面纱，面纱下，露出一张漂亮的面

孔，虽称不上国之绝色，却也是少见的旷世美人。

可惜，再漂亮的脸也吸引不了轩辕容锦的注意，他眼中只有凤九卿，其他女子容貌再好，也没本事换来他专注的目光。

蒙面女自我介绍："我叫卫婉瑜，这是我儿子，名叫卫瑾逸。"

凤九卿饶有兴味地挑眉："随母姓？"

卫婉瑜点头承认："对。"

"孩子的父亲呢？"

卫婉瑜偷偷看了一眼轩辕容锦，小心翼翼地说道："逸儿的父亲身份特殊，所以暂时先随母姓。明日是燕州一年一度的冰雕节，我带逸儿出来见见世面，不承想竟遇到这些登徒子，幸亏二位出手相帮，才化解刚刚那场劫难。"

说话间，她的目光落到轩辕尔桀的脸上，笑着问："想必这位便是令公子？"

凤九卿并未隐瞒："是的。"

卫婉瑜感叹道："真是一个有福气的孩子，比我逸儿的福气大多了。"

轩辕容锦对卫婉瑜的印象不好也不坏，听她唠唠叨叨一堆废话，心里不耐烦，便对凤九卿说："吃完了，回房吧。"

休息了一晚，第二天，神清气爽的轩辕容锦起了个大早，带着儿子来院子里练剑，出宫在外，也不能疏于锻炼身体。

认真指导了几个动作，直到轩辕尔桀将一套剑法要得如行云流水，轩辕容锦才满意地夸了一句："嗯，不错，有进步。"

轩辕尔桀高兴地说："都是娘教导有方。"

"你娘教你，你爹就没教你？"

"可以说实话不？"

"说！"

轩辕尔桀是个老实孩子，老实孩子当然也要实话实说："你平时忙于公务没空理我，我的剑法都是娘一点一点教出来的，就算进步，那也是我

娘的功劳。"

言下之意，跟你这个当爹的可没关系。

轩辕容锦报复性地捏了捏儿子的脸颊，没好气地骂道："你这孩子，忒没良心。"

松开手时，尔桀的小脸蛋都被捏红了。

轩辕尔桀疼得直嘬嘴，心中暗暗告诉自己，下次绝对不能在他爹面前这么实在。

练完了剑，父子二人往客房走，途中遇到了昨晚被酒鬼调戏的卫婉瑜母子。

大概是受了凤九卿的点拨，今天的卫婉瑜倒是把那块碍眼的面纱揭了去，一身素衣，装扮简朴，看上去颇有几分清秀之美，可惜并不能入轩辕容锦的眼。

俊秀斯文的卫瑾逸依旧跟在他娘身边寸步不离，母子二人看到轩辕容锦时，脸上的神情皆是一变。

有欣喜，有惊讶，还有说不出的一丝激动。

轩辕容锦却把这母子当成透明人，因为院子里横放着几根待砍的树干，担心儿子腿短迈不过去，便一手把儿子捞进怀里，准备迈过树干直接回客房，对于突然出现在面前的卫婉瑜母子，则视而不见。

轩辕容锦将轩辕尔桀抱进怀里的那一刻，卫瑾逸眼中流露出一丝不易察觉的嫉妒。

卫婉瑜局促地跟轩辕容锦打招呼："早。"

轩辕容锦仿佛才看到她的存在，面无表情地点点头，便要从她身边走过。

卫婉瑜忽然问："敢问公子高姓大名，昨日你帮了我们母子，日后方便，好登门拜谢。"

轩辕容锦冷声说："出手帮你的是我夫人，至于名姓，素不相识，不必询问。"

这时，梳洗完毕的凤九卿从客房中走出来，看到院中的情形，不禁说

道：“咦，卫娘子在。”

凤九卿的出现令轩辕容锦冰冷的脸色有所缓和，他放下儿子，将自己身上的斗篷取下来，体贴地为凤九卿披上，语带训斥地说：“天这么冷，出来怎么不披外套？”

凤九卿扭动两下：“我不冷，你自己穿吧……”

轩辕容锦强势地命令：“穿着，不许脱，万一冻病，得多少人为你担心。”

无奈，凤九卿只能被迫承受他的关怀。

轩辕容锦这一生，把最真的笑容、最好的态度、最大的耐心都给了妻子凤九卿，说他是宠妻狂魔也不为过。

前后态度差异如此之大，让兜头被泼了一盆冷水的卫婉瑜很是震惊。

不知是不是凤九卿多心，卫婉瑜的儿子看她的眼神充满了敌意，就好像她做了十恶不赦的事情一样。

轩辕容锦没空理会别人的感受，抱着儿子，拉着妻子，一路说说笑笑回了客房。

留下卫婉瑜母子站在原地，你看我，我看你，脸上布满无尽的哀怨。

命悬一线

随着一年一度的冰雕节隆重展开，慕名而来的游客纷纷聚到了燕州城，只为欣赏这冰雕的美景。

因为燕州坐落在黑阙北部，每年这个季节，气温都低得能把路边的乞丐活活冻死。

正因为这种气候环境，工匠们花费心血雕出来的作品，才能在严寒之下维持数月之久。

不愧是久负闻盛名的冰雕大世界，就连轩辕容锦这个堂堂皇帝也是第一次见识到冰雕的魅力。在工匠们的巧手之下，这里被雕成了一座华丽的宫殿，大到亭台楼阁，小到桌椅摆设，皆由晶莹的冰块凿制而成。

冰宫外寒风刺骨，冰宫内冷气袭人，却阻挡不住游客欣赏这冰制的美景。

被精致雕工吸引的凤九卿难以掩饰心中的赞叹：“这些冰雕真是漂亮，比真正的宫殿还要华丽，若燕州一年四季都是冬天，这座宫殿便能屹立于此，经久不化了。”

轩辕容锦打破她美好的幻想：“就算一年四季都是冬天，被冷风吹久了，冰块也会一点点风化，不用一年，只需几个月，这宫殿就要风干了。”

凤九卿忍不住送他白眼：“做人就不能有点美好的幻想吗？”

轩辕容锦拎过身边无辜的儿子，一本正经地说："美好的幻想当然可以有，但在小孩子面前得说实话，万一他把你的幻想当真，夏季也闹着要来燕州看冰雕，咱们做父母的，不是糊弄无知孩童吗？"

轩辕尔桀黑了一张小脸，心中暗暗吐槽，他才不是无知孩童。

一家三口说笑之间，卫婉瑜带着儿子卫瑾逸迎面走来。

看到这二人相继出现，轩辕容锦脸上的笑容渐渐收敛，低声抱怨："怎么走到哪儿都能看到他们两个？"

凤九卿轻咳一声，解释："这个季节来燕州的，皆为了欣赏这里的冰雕，你来得，人家怎么就来不得？"

轩辕容锦对卫婉瑜的印象非常不好，总觉得似乎来者不善，便对凤九卿说："去那边转转。"

正要避开卫婉瑜，她已经拉着卫瑾逸快步朝这边走了过来，主动打招呼："真巧啊，又见面了。"

凤九卿也发现这卫婉瑜有点黏人，短短两天时间，竟偶遇了三次。

所谓伸手不打笑脸人，人家主动打招呼，凤九卿也不好意思多说什么，便笑着回道："是挺巧。"

卫婉瑜说道："我瞧令公子与我家逸儿年纪相仿，来这里玩的多数都是这般大的孩子，不如让他们做个朋友，有同龄小伙伴一起玩耍，也能增加许多乐趣。"说着，卫婉瑜推了推儿子的肩膀，示意他主动一点，与轩辕尔桀交个朋友。

卫瑾逸脸上挂着不情愿，却不得不听从母亲的安排，朝轩辕尔桀走近了几步，勉强挤出一个笑容："我们一起玩好不好？"

轩辕尔桀效仿他爹的样子，顶着一张面瘫脸回了五个字："我跟你不熟。"

被下了面子的卫瑾逸眼中怒意燃烧，想要发火，却被他娘压了下去。

卫婉瑜笑着打圆场："一回生两回熟，在一起多玩几次，自会生出深厚的友情。"

轩辕尔桀非但不买账，还不客气地反问："我怎么知道你们两个是

不是坏人？"

卫瑾逸气得脸红脖子粗："你凭什么说我们是坏人？"

轩辕尔桀嗤笑一声："你又用什么来证明自己是个好人？"

"你……"

辩论方面，卫瑾逸显然不是轩辕尔桀的对手，几句话就被反驳得无言以对。

轩辕尔桀哼了一声："做人要懂得感恩，可你显然不懂这两个字的意思，今天清晨在同福客栈，你看我娘的眼神就像在看一个仇人，用恩将仇报来形容你，也不为过吧？"

轩辕容锦和凤九卿诧异地看向儿子，不敢相信尔桀小小年纪，洞察力竟这样强大。

卫瑾逸眼中闪过一抹被揭穿的狼狈。

卫婉瑜脸上的笑容也渐渐撑不下去，只能揪着儿子斥骂："逸儿，这位公子说的可是真的？"

卫瑾逸忙不迭地摇头："我……我没有。"

轩辕容锦越发看不上这母子二人，冲妻儿使了个眼色："走吧，别跟不相干的人浪费时间。"

卫婉瑜下意识地去拦轩辕容锦，迫不及待地解释："想来这是一场误会……"

轩辕容锦哪有多余的工夫听卫婉瑜废话，拉着妻儿便要离开，忽听不远处的人群传来一阵惊叫，动作夸张地指向这边，隐约听到那些人齐声高喊："危险，快闪开……"

轩辕容锦抬头一看，脸色瞬间大变，只见冰宫顶端，一根巨大的冰柱摇摇欲坠，仿佛下一刻就会从天而落、轰然倒塌。

人群尖叫着四散逃开，混乱之下，轩辕容锦与没有及时反应过来的凤九卿被人群冲开。

情急之下，被人群撞出很远的凤九卿高喊："保护好儿子……"

说话间，人群再次奔涌而来，轩辕尔桀和卫瑾逸都被撞倒。

轩辕尔桀强迫自己保持冷静，抓住可以固定身体的东西，尽量不让人群冲走。

同样摔倒的卫瑾逸则被这场面吓得放声大哭，卫婉瑜被人群撞出一段距离，一时之间照顾不到她的儿子。

随着棚顶的冰块噼里啪啦开始降落，好些人都被砸得头破血流。

眼看一块巨大的冰块从天而降，直直朝向轩辕尔桀和卫瑾逸摔倒的地方，轩辕容锦不顾一切地扑过去，在冰块砸中儿子之前，以迅雷不及掩耳的速度把儿子从危险的地方捞进怀中，同时抬起脚，把差点被冰块砸到的卫瑾逸踢飞出去，避免他被砸成肉饼。

虽然他速度够快，还是被那冰块砸了一下，鲜血顺着袖口汩汩流出，瞬间将冰面染得通红。

轩辕尔桀担忧地唤道："爹，你受伤了……"

轩辕容锦撑着最后一点力气护住儿子，沉声说："无碍。"

那边，卫婉瑜连滚带爬地跑过来，把吓得哇哇大哭的卫瑾逸抱进怀里。

见母子二人已经相聚，轩辕容锦才忍着伤痛，抱稳儿子，随人群一同朝冰宫外逃去。

这起冰宫坍塌事故，造成数十名游客伤亡，现场一片狼藉。

事后，容锦派暗卫去查事故真相，初步调查的结果是意外而非人为。

因为此事给燕州造成恶劣的影响，当地府衙已经开始介入调查。

为救爱子脱离险境，轩辕容锦的手臂被冰块擦伤，好在伤势不算严重，只破了皮，流了血，并没有伤及筋骨。

经历过这场突发变故，对父皇渐渐疏远的轩辕尔桀意识到，亲爹就是亲爹，血缘关系改变不了，不管平时对他有多严厉，生死关头，他爹可以不顾自身安危挺身相救，这让轩辕尔桀十分感动。

趁娘亲给爹爹包扎伤口时，轩辕尔桀忽然说："爹，那十五万两银子，我现在欠得心甘情愿了。"

轩辕容锦莫名其妙地看向儿子，一时之间没反应过来。

凤九卿忍不住笑出声，拍拍儿子的小脑袋，调侃道："终于意识到你爹也是疼你的吧？"

轩辕尔桀重重点头，一本正经地承诺："从今以后，我会好好孝敬爹娘的。"

他红着脸说完，一溜烟跑得不见了踪影。

直到这时，轩辕容锦才后知后觉地反应过来，指着儿子消失的背影骂道："他那句话是什么意思？从今以后好好孝敬爹娘？合着在此之前，他从不觉得这是他生来就该履行的义务？还说十五万两银子终于欠得心甘情愿，莫非他之前欠得心不甘情不愿？真是没良心的臭小孩。"

凤九卿动作娴熟地将纱布缠好，笑着说："连六岁小孩子的银子都坑，还好意思怪儿子没良心？好啦，父子之间哪有隔夜仇！你为救他奋不顾身，他心里念着你的好，日后自会对你敬重有加。冰宫坍塌虽影响了游玩的兴致，但经此一事，倒化解了你们父子间的隔阂，在我看来，这次出宫也算不虚此行。"

历经三天，轩辕容锦带着妻儿安全回宫，虽然途中发生了意外，但一家三口却在这场意外中更加融洽。

踏进宫门不到半个时辰，掌管宫中杂务的女官便过来禀报，景福宫里的那位主儿又哭闹上了。想到不安分的沈若兰不知又在闹腾什么，凤九卿维持多日的好心情在一瞬之间被破坏殆尽。换了套舒服的宫装，她决定亲自去景福宫看看情况，轩辕容锦跟过来说道："一起去吧，朕也想知道，朕那多愁善感的姨母又遇到了什么解不开的烦心事。"

夫妻俩双双来到景福宫时，果然看到沈若兰正在掩面哭泣，旁边伺候的宫女太监跪了满地，玉芬苦口婆心地正劝着什么，见皇上皇后踏入宫门，连忙跪地迎接。

自从身上的棒伤痊愈，玉芬又被调回景福宫当差，有了之前那次教训，伺候沈若兰时，她更加小心翼翼，生怕这位祖宗又生事端。

没想到日防夜防，到底还是出事了。

看到皇上皇后不请自来，沈若兰连忙起身行礼。

若是从前，轩辕容锦定会免了她的跪拜，自从小七那日大闹景福宫，他觉得，有些规矩不能破坏，一旦破坏，某些人就会自我膨胀，把自己当成活祖宗。

直到沈若兰行完礼、问完安，凤九卿才开门见山地问："谁又把姨母惹哭了？"

沈若兰捏着丝帕，可怜兮兮地擦着眼泪，那副作态，摆明了告诉众人她遭受了天大的委屈。

她在等待皇上的安慰，可轩辕容锦偏偏不如她的意，受完大礼，便大马金刀地坐在那里一言不吭，就差告诉众人，他纯粹是来看热闹的。

见沈若兰拿腔作势，只知道捏着帕子擦眼泪，凤九卿不想与她浪费唇舌，直接质问玉芬："是不是你又做错事，惹沈夫人不高兴了？"

玉芬连忙跪地告饶："那三十大板，让奴婢受到了惨痛的教训，经此一事，奴婢再不敢对沈夫人有半点怠慢，还请皇后娘娘明察。"

"既如此，沈夫人缘何哭泣？总不至于是犯了癔症吧？"

听闻此言，沈若兰放下帕子皱起了眉头，语带哀怨地说："皇后娘娘何必拿这种事情来取笑我？您在这后宫说一不二，看谁不顺眼，只需一个眼神、一个指示，自有人鞍前马后为您鞠躬尽瘁。"

轩辕容锦和凤九卿都听出沈若兰这是话中有话。

凤九卿虚心地问："姨母，你有话不妨直说。"

沈若兰又开始掉眼泪，哭得凤九卿心烦意乱，只能对玉芬命令："你来说。"

接受指令的玉芬这才道出事情的经过，竟是一根千年人参惹出来的祸。

自从沈若兰招惹了七王，便在毫无防范的情况下大病一场，有几天，她吃什么吐什么，被折腾得死去活来，御医们束手无策，只能采取温补的办法慢慢拖着。

正巧在这个节骨眼儿，轩辕赫玉为了哄妻女开心，带着尹红绡和轩辕

灵儿出京去玩，目前不知下落。

好在这场磨难没持续多久，沈若兰最终从病魔中挣脱了出来，虽然不再吃什么吐什么，却因此亏了气血，正好她刚进宫那会儿，凤九卿为表孝心，送了一根千年人参做见面礼。

千年人参乃稀世药材，世间罕见，偌大的皇宫也只收藏了几根，送给沈若兰的那一根，是凤九卿从自己私库里拿出来的。

沈若兰并不知道内情，自从吃了千年人参炖的药膳，脸色一天比一天红润，便要求厨房每天三顿地炖鸡汤给她喝，却被玉芬告知，皇后送来的那根人参，只吃了七顿就吃完了。

沈若兰命令玉芬再去索要，玉芬说，按她现在的身份，没有资格领到那么昂贵的千年人参。这可把沈若兰气坏了，她是皇上的姨母，怎么连吃根人参的资格都没有？

事后，沈若兰又从旁处得知，按景福宫的规模，她至少要被分配到八个宫女、八个太监贴身伺候，凤九卿却只给她安排了四个太监、四个宫女，比正常规格少了一半。

认为自己被怠慢的沈若兰这才没完没了地哭闹起来。

听玉芬讲完事情的经过，凤九卿心里无语，面上却耐着性子解释："姨母有所不知，你被接进皇宫之前，宫里进行了一次改革，为节省不必要的开销，有半数宫役被遣散出宫。景福宫规模虽然不小，里里外外八个人来伺候你的日常起居，在我看来已经足够。至于千年人参，宫中确有明文规定，只有达到二品以上，每年才有资格分配到一根，毕竟千年人参世间罕有，存放在药库中的，都是留着救急使用。便是皇上，没有性命之忧，也不能随意使用宫中珍藏。"

言下之意，连皇上的面子我都不卖，你凭什么在这里颐指气使？

为了配合凤九卿，轩辕容锦点了点头："皇后说得没错，宫中确有这样的规定，就算是朕，也无权破坏这些规矩。姨母居于宫中，便要守宫中的礼节，若为你一个人坏了规矩，朕和皇后对外时将难以服众。"

夫妻二人你来我往，把沈若兰数落得面红耳赤，现实面前，她只能唯

唯诺诺地道歉，承认是自己造次了。

从景福宫出来时，凤九卿向容锦道歉："用这种方式对待姨母，希望你不要往心里去，我介意的不是区区几根千年人参，而是姨母平日的行事风格。过度纵容，我担心会适得其反，只能时不时打压一下，让她尽快认清自己的立场。"

轩辕容锦揽住她的肩膀，笑着说："你做得不错，朕很满意。若她识大体、懂分寸，朕或许会对她宽容一二，经历过这许多事端，朕才意识到，当初接她进宫奉养，或许是一个错误的决定。且看看吧，若她再闹得后宫不宁，朕就把她打发出去，在宫外买一处私院，调几个人过去伺候，来个眼不见心不烦。"

凤九卿笑了笑："这件事，日后再说吧。"

这时，夜空渐渐飘下了雪花，一片片从天而降，美不胜收。

轩辕容锦仰望夜空，高兴地说："真美。"

凤九卿也伸出手，雪花落于掌心，接触到身体的温度，渐渐融成了雪水："这场雪若下一整夜，明日一早，就可以带尔桀堆雪人了。"

轩辕容锦笑道："小心玩物丧志。"

小福子急三火四地跑过来，因为下雪路滑，一不小心，摔了个大马趴，样子狼狈又难看。

轩辕容锦没好气地骂道："莽莽撞撞，成何体统！"

小福子连滚带爬地站起身，哭着说："皇上皇后快去东宫看看吧，太子殿下突发重疾，人已经昏过去了。"

夫妻二人俱是一惊，迅速赶去东宫一探究竟，到了东宫才发现，轩辕尔桀果然不省人事。

因七王带着妻女离开了京城，只能召御医过来诊治，御医们反复查看，竟查不出病因所在。仔细询问东宫的侍从，近前伺候的宫女说，从太子回宫直到昏迷，没喝过一口水，没吃过一口饭，首先排除了食物中毒。

如果不是吃食惹的祸，就意味着，轩辕尔桀这场病是从宫外带回来的，这要是追查起来，源头可就太多了。

　　一夜过去，尔桀的情况并未好转，轩辕容锦无心上朝，召来一批又一批御医，命令他们必须查出病因。

　　御医们叫苦不迭，面对太子的病情无计可施，眼前最快捷的办法就是找七王进宫解决麻烦，偏偏七王选在这个时候带着妻子和女儿不知去向。

　　沈若兰听说太子重病，也赶来东宫探望，看到太子昏迷不醒，她老毛病又犯了，抽抽噎噎哭泣，一边哭还一边抱怨："太子的身子这般尊贵，岂能随随便便把他带到宫外冒险？世道不平，人心险恶，谁都算不到明天究竟会发生何事。皇后，你太纵着太子了，若当日狠心一点，拒绝带他出宫去玩，就不会发生这些事情，好好一个孩子，也不必遭受这场无妄之灾。"

　　凤九卿正因为儿子昏迷心烦意乱，听了沈若兰这番唠叨，心情更加不好了。

　　轩辕容锦一改往日的和善，冷声说："此事与皇后无关，请姨母谨言慎行。"

　　沈若兰不甘地反驳："出了这种事，皇后的责任最大。"

　　任何人都不能在轩辕容锦面前说凤九卿半个不字，哪怕涉及儿子的安危，他也容不得旁人多嘴多舌。

　　轩辕容锦冲小福子使了个眼色，沉声命令："姨母身体不适，送她回景福宫。"

　　如此明显的驱逐令，就差当面说出一个"滚"字了。

　　沈若兰不敢再吭声，只能灰溜溜走出东宫，独自生闷气。

　　待闲杂人全部离开，凤九卿自责地说："尔桀患病，我的确难辞其咎。"

　　"九卿，这不是你的错。"

　　"容锦，有件事我一直没说。上次去法华寺，除了与我喝酒下棋，苦无还提醒，有一场大劫在不远处等着我。我担心说出来会影响你的心情，便将此事埋于心中，如今想来，苦无口中所说的劫难，十之八九与尔桀有关。"

轩辕容锦吃了一惊，好一会儿才反应过来："朕这就去法华寺拜见苦无。"

凤九卿连忙阻拦："我昨天已经派人去过，住持说，苦无大师云游去了。"

"可留下了只言片语？"

凤九卿摇摇头："未曾留下。"

饶是见惯大风大浪的轩辕容锦，面对儿子那张没有血色的脸，也失去了往日的淡定。

他轻轻拍了拍儿子的脸颊，哑声说："尔桀，爹娘膝下就养了你这一个宝贝，你要是敢有个三长两短，就是不忠、不孝、不仁、不义。朕命令你，快快好起来，只要你恢复健康，无论提什么要求，爹娘都会满足你，尔桀，听到了吗？听到了，就给你爹一个回应，你这样昏迷着，爹娘会害怕的。"

面对父皇的命令，轩辕尔桀无动于衷。

一向坚强的凤九卿很少会在人前流泪，看着儿子半死不活，她抑制不住心中的忧虑，泪水大颗大颗地夺眶而出。

轩辕容锦心疼地将妻子揽入怀中，连声安慰："尔桀吉人天相，不会有事。"

哭了一会儿，凤九卿慢慢挣脱他的怀抱，从怀中抽出一柄匕首，塞到容锦手中，忽然提议："杀了我。"

轩辕容锦大惊失色："你……你说什么？"

凤九卿抬起手，摸向自己的左耳，那里戴着一颗纯黑色耳饰，她义无反顾地说："只要我死，一切就会回到原点。所以……"

她握住容锦拿匕首的手，用力指向自己的胸口："容锦，杀了我吧！"

——本季完——